Stefanie vor Schulte

Schlangen im Garten

ROMAN

Diogenes

Covermotiv: Gemälde von Paul Gauguin,
›Porträt Vaiite (Jeanne) Goupil‹, 1896,
Öl auf Leinwand, 75 × 65 cm
Foto © akg-images / Erich Lessing
Museum: Kopenhagen, Ordrupgaardsamlingen

Der Diogenes Verlag wird vom Bundesamt für Kultur
für die Jahre 2021–2024 unterstützt

www.diogenes.ch
150/22/44/1
ISBN 978 3 257 07217 4

1.

Zum Abendbrot isst er jetzt immer eine Seite aus dem Tagebuch seiner verstorbenen Frau. Er isst sie roh, und er tut es aus Liebe.

Die Kinder müssen die Seiten zerreißen. Anders ist es nicht zu schaffen. Sorgfältig erst längs, dann in immer kleinere Fetzen. Sie lassen das Papier wie Mehl auf die Arbeitsplatte rieseln, mengen es unter Mandeln und Öl, backen Kuchen oder Quiche. Linne ist zwölf und Micha elf Jahre alt. Steve bereits ausgezogen, jetzt zurückgekehrt, zwanzig Jahre alt. Er passt auf, dass niemand etwas liest. Sie haben es versprochen. Aber kaum, dass Steve den Vater zum Essen ruft, mehrmals rufen, manchmal auch zum Arbeitszimmer gehen und klopfen muss, steckt sich Linne einen Streifen liegen gebliebenes Papier in die Hosentasche. Mal ergattert sie nur ein Stück. Mal eine viertel Seite. Dann wieder nur Buchstabenreste.

Im Bett trägt sie ihre Beute zusammen, streicht Spuren von Schrift glatt. Dann findet sie manchmal halbe Sätze. Einige Worte. Aber wenn Linne Pech hat, wenn sie sich einen Streifen erschlichen, lange gewartet hat, bis das Essen vorbei, alle im Bett sind und auch Micha endlich eingeschlafen ist, dann schaut sie nur auf ein leeres Stück, weil sie den untersten oder obersten Rand des Blattes erwischt hat, und dann steht dort nichts.

Ob die Dinge die Mutter wohl auch vermissen. Zwei Wochen nach ihrem Tod zerschellt die Teekanne. Später folgen hier und da Teller und Tassen. Ein besonders alter Pfefferstreuer, eine Vase mit Fadenglas. Dinge, die niemandem außer ihr etwas bedeutet haben, vielleicht nicht mal von anderen berührt worden sind. Und als wüssten diese Gegenstände um den Verlust, löschen sie sich aus. Entgleiten ihren angestammten Plätzen, perlen aus den Regalen. Auch die Küchenuhr spielt verrückt und erweist ihnen damit einen Gefallen. So müssen sie nicht vorgeben, es sei von Bedeutung, wann sie aufstehen, essen oder schlafen. Wie lange sie brauchen, um ihre Papiergerichte zu essen. Die Uhr bleibt so oft stehen, dass sie bei Tisch keine Zeit mehr kennen.

Manchmal betrachten Linne und Micha die verrutschten Stunden und beschließen zu tun, was zur angezeigten, wenn auch falschen Zeit zu tun wäre. Zeigt die Uhr Mitternacht, legen sie sich auf der schmalen Küchenbank über Eck. Linne auf der etwas längeren Seite. Micha reicht die kürzere. Die Füße der Geschwister liegen locker ineinander. Dann schlafen sie, als sei es Nacht, und wenn sie erwachen, haben sie den Tag versäumt.

Nicht der Vater ermahnt sie dann. Er ist zu oft nicht da. Auch wenn er in der Wohnung über ein Buch gebeugt sitzt, ist er oft nicht da. Also schaut Steve nach dem Rechten. Morgens treibt er die Geschwister wie Schafe zum Frühstück und abends zurück in die Betten. Ab und an erteilt Steve Anweisungen.

Linne, du musst dich waschen.

Micha, du musst mehr essen.

Und dem Vater knipst er das Nachtlicht aus.

Wenn Micha schläft, scheint ihm alles Wasser.

Sinkt er auf sein Bett, läuft dunkles Nass in ihm an. Er wird Woge, See oder ein Meer. Auch ein Fluss, schwarz und nebelverhangen. Und das in letzter Zeit immer öfter, sodass er meint, er bade jede Nacht im Styx. Er legt sich Münzen auf die geschlossenen Augen, um die Überfahrt notfalls bezahlen zu können. Aber noch wacht er morgens auf, das Geld längst verrutscht und in den Laken vergraben. Vielleicht wird er es sich doch unter die Zunge legen. Aber er mag den Geschmack nicht.

Erwacht er also, gleicht er meist einem ruhigen Bach oder einer silberblauen Strömung, die wie ein unendlicher Spiegel in ihm entlanggleitet.

Auch tagsüber kann er die Brandung in sich hören. Dann sieht er sich selbst, als sei er nur eine zarte äußere Micha-Linie, die sein wahres Ich umrahmt, das Wellenspiel, das Glitzern, darüber der Himmel.

Schon lange sieht er sich so. Einmal hat er die schwarz glänzende Muschel im Regal des Vaters entdeckt, die Muschel neben dem Ammoniten, sie genommen und sich ans Ohr gehalten. Hat den Worten des Vaters Glauben geschenkt, denn *pssst*, bei absoluter Aufmerksamkeit lässt sich darin die Brandung hören. Und er hörte tatsächlich. Staunend die Muschel zwischendurch ausschüttelnd, als könne er das Meer herausklopfen und die Wohnung damit fluten.

Aber Steve sagt: »Du hörst nur dich selbst. Alles was du darin hörst, bist du.« Und will damit die Muschel wohl entzaubern, erschafft aber stattdessen ein viel größeres Wunder, nämlich Micha zu verraten, wer er ist.

»Und was bin ich?«, fragt Linne, als Micha sich ihr anvertraut. »Kannst du auch sehen, was ich bin?«

Aber die Antwort ist ihm nicht möglich. Denn

wie wird Linne es verkraften, wenn sie weiß, dass sie Geröll ist. Dass sie Steinen gleicht. Einer Felsformation. Mal heller Kiesel ist, mal schwarz gestockte Lava.

Micha selbst mag Steine. Wenn sie von der Sonne gewärmt sind. Flach und glatt, sodass man sie über die Oberfläche einer stillen Wasserfläche jagen und sie bei ihren Sprüngen bejubeln kann.

Linne ist ein Stein, der fliegen kann. Ein Felsen, der Höhlen verschließt und Menschen vergräbt. Aber er verrät es Linne nicht. Obwohl es möglich ist, dass sie es ohnehin weiß, finster wie sie immer schaut. Er verrät auch Steve nicht, dass er in ihm den Tanz schillernder Blätter sieht. Eine ewig sich wiegende Baumkrone. Der Vater ist Licht. Flackernd und klein. Weich und strahlend.

»Und sie?«, fragte Linne.

Sie. Meer wie Micha. Aber auch das behält er für sich.

2.

Zweimal die Woche macht sich Micha auf den Weg. Trägt in der Tasche, was er für den Besuch braucht. Eine Flasche Wasser, das Buch, die Tageszeitung ist immer schon da. Noch eine Praline. Frau Kornmehl liebt Pralinen. Die Treppe hinab, vorbei an den Türspionen der anderen Nachbarn. Die Schmidt unter ihnen. Die Kalsters im Erdgeschoss. Micha drückt die Tür auf in die Hitze der Stadt.

Das Altenheim liegt nicht weit. Micha ist in weniger als fünf Minuten dort. Trotzdem klebt ihm das dunkle Haar an den Schläfen. Unter dem Riemen der Tasche hat sich ein Schweißfleck gebildet.

SENIORENRESIDENZ steht auf dem von Flechten überwucherten Schild. Im Eingangsbereich ist es kühl. Die Wände sind gekachelt. Der Pförtner ist nicht nur Pförtner, sondern alles und jeder zugleich. Er nimmt die Anrufe entgegen, ist Wachmann und Hauswart. Mürrisch wie immer, reagiert er nicht auf Michas Gruß. Aber der Junge ist es gewohnt.

Zweiunddreißig Stufen zu Frau Kornmehl. Den Fahrstuhl meidet er. Im Fahrstuhl wird oft die gebrauchte Wäsche der Bewohner gesammelt. Manchmal sind da auch Eimer mit Flüssigkeiten. Pfützen. Ein beißender Geruch.

Die einzelnen Stockwerke wiederum erinnern an die teppichgedämpften Aufgänge alter Hotels. Jedes Stockwerk in einer anderen Farbe. Das dritte grün. Der wellige Bodenbelag ebenso wie die Tapete. Die Troddeln auf den Lampenschirmen. Frau Kornmehl mag kein Grün. Sie verlässt ihr Zimmer nie. Ihr kleines, letztes Zimmer. Das unverzichtbare, aber abscheuliche Krankenbett dominiert. Möbel und Bilder versuchen, das gelebte Leben festzuhalten. Konservieren die Bewohner in ihren Erinnerungen, als hätte man sie in Gelatine begraben.

Zweimal die Woche liest Micha ihr vor.

Am Fenster, das gegen die Sonne verdunkelt ist, steht ein Webstuhl, an dem Frau Kornmehl sitzt und kleine Teppiche knüpft, die überall liegen und einstauben. Ihre Augen sind nicht mehr gut, haben Umrandung und Sehvermögen eingebüßt, aber die Finger kennen die Bewegungsabläufe. Immer ist ein neues Stück in Arbeit.

Schulterlanges weißes Haar. Ein krummer Rücken. Sie spricht nicht und nascht auch die Praline nicht, die Micha ihr stets mitbringt. Stattdessen legt sie diese in ein Kristallschälchen, vergisst im Laufe der Stunde, dass Micha es gewesen ist, der die Süßigkeit mitgebracht hat, und schenkt sie ihm schließlich großzügig zurück. Drängt ihn, sie gleich zu kosten und klatscht in die Hände. Ihr selbst reicht die Erinnerung an den Genuss.

Micha tritt jetzt zu ihr. Sie hat bisher nicht aufgeschaut und tut es nun.

»*Tom Sawyer* habe ich Ihnen mitgebracht«, sagt Micha. »Oder doch lieber die Wochenzeitung?«

Das Buch natürlich. Micha setzt sich in den schweren Sessel, der sich dem Webstuhl am nächsten befindet und beginnt.

Etwa fünf Seiten hat er gelesen, da werden sie gestört. Eine Pflegerin tritt ein. Außerdem eine Frau, vermutlich Angehörige. Wahrscheinlich die Tochter.

»Du musst Micha sein«, sagt die Angehörige.

»Ist er«, sagt die Pflegerin.

»Bin ich«, sagt Micha.

Er lässt das Buch sinken. Frau Kornmehl lässt den Faden sinken. Die Pflegerin hält die Arme verschränkt. Micha weiß nicht viel von der Pflegerin. Meistens eilt sie im Laufschritt durch die Gänge. Vor ein paar Wochen ist sie gegen das fahrbare Medikamentenschränkchen gestoßen, und Micha stand dabei, hielt da gerade noch die Tür zum Zimmer von Frau Kornmehl in der Hand. Da fielen die bunten Pillen – die gelb-blauen mit der kleinen Kerbe, die glatten, braunrunden, die blassen mit dem Schlitz und der pudrigen Oberfläche, die schwarzen, länglichen, die Kapseln, die man auseinanderbrechen und das Pulver in Orangensaft auflösen muss, die rot-weiß tongetrennten – und überhaupt alle Pillen und Tabletten ineinander und versanken im Teppich. Er hatte der Pflegerin beim Aufklauben geholfen. Stundenlang. Erinnert sie sich noch, fragt sich Micha. Denn umgekehrt braucht er jetzt ihre Hilfe, wo er doch ahnt, weshalb sie gekommen ist und das Treffen mit ihm sucht.

Kann sie die Angehörige nicht mundtot machen. Gibt es hier nicht ein paar schöne alte Truhen, in denen man Kornmehl-Töchter verschwinden lassen kann. Noch einen Fernseher daraufstellen. Laut müsste der laufen, wegen der durchgängigen Schwerhörigkeit der Residenzbewohner und aller übrigen Menschen. Irgendeine atemlose Sendung, hinter deren Geräuschkulisse die Schreie der Angehörigen in der Truhe gar nicht gehört werden könnten.

Aber die Pflegerin weicht Michas Blick aus.

Die Angehörige hat ein Abspielgerät dabei.

Tonträger auch. Sie stellt alles auf ein Tischchen, um Michas Abschaffung zu verdeutlichen, und es ist ihr nur ein bisschen peinlich, als sie ihm sagt, du musst gehen und komm nicht wieder. Feinfühliger kann sie ihr Anliegen nicht vorbringen, denn die Suchmaschine, die man bei solchen Fragen ja ganz wie üblich mit einbezieht, hat es ihr nicht leicht gemacht, dabei sind ihre Angaben deutlich gewesen:

– *ich hasse das Kind, das meiner alten Mutter unentgeltlich vorliest*
– *ich hasse das Kind, das hier freiwillig vorliest, während ich mich bei jedem Besuch fortwünsche*
– *ich hasse das Kind, das in diesem miefigen Altenheim, für das ich ein irres Geld lasse, ein und aus geht, als wäre es die schönste Freizeitbeschäftigung unter der Sonne*
– *welche Abspielgeräte eignen sich für ältere Menschen. Große Tasten. Einfache Anleitung.*

Die Suchmaschine hat nur für den letzten Punkt zufriedenstellende Antwort gefunden. Alles andere hat die Angehörige selbst und also mitleidslos entschieden und geregelt.

Als Micha aufsteht und aus dem Leben von Frau Kornmehl gegangen wird, nimmt er die Praline und hält sie den ganzen Heimweg in der Hand.

3.

Linne kommt nach Hause. Die Arme voller Kratzer, Blutergüsse an den Beinen und am Rumpf, das Gesicht unversehrt, höchstens eine Schramme. Linne, die sich noch mit zwölf Jahren die Socken bis hoch auf die halbe Wade zieht. Alle Strümpfe brüchig an derselben Stelle, kurz unterhalb des Bündchens.

Linne, die sich auf dem Schulhof mit zwei Jungs und einem weiteren Mädchen zum Prügeln verabredet. Die haben auch eine kollernde und rumpelnde Wut in sich. Die haben auch nie mit Rotkäppchen gebangt, sondern sich mit dem Wolf verglichen. Kennen die Wackersteine, die er in den Bauch gesenkt und darin vernäht bekam. Hart und angespannt auch der eigene Leib. Immer Schmerzen. Hört ihr das nicht, wie die Steine aneinanderschlagen und die Eingeweide zerhauen. Die Mutter legt die Hände auf, massiert die Steine und verteilt sie, bis die Qual nachlässt. Aber oft schlittern sie erdrutschartig einmal durch das ganze Innere bis auf die andere Seite, sodass Linne aus dem Gleichgewicht fällt.

Bei den Treffen auf dem Schulhof sind Linne und die anderen einander ebenbürtig. Was der eine an Stärke und Schlagkraft nicht hat, lässt sich durch Unerschrockenheit wettmachen. Sie losen, jedes Mal neu, wer gegen wen.

Ein Nicken zu Beginn. Dass ihnen da nicht gleich die Kiesel aus den Ohren regnen. Gelost wird mit Streichhölzern. Abzählreimen. Das ist ganz gleich, wenn es nur dahin führt, die Fäuste endlich zu heben, auf der Stelle zu tänzeln, lostreten zu dürfen. Sie boxen und schubsen wortlos. Keine Beleidigungen. Nur Geräusche. Dumpfe Treffer auf den Körper, Schnaufen, das Zerreißen einer Pullovernaht.

Wo wollen sie auch sonst hin mit ihrer Wut, für die es keine Abnehmer gibt. Sie teilen sie untereinander aus. Sie stecken die Wut des anderen ein. Es verbietet sich, den Niedergegangenen noch zu treten. Das Gesicht zu verunstalten. Zu Hause werden sie ihre Wunden verstecken. Zu Hause werden sie langärmlig gehen. Zu Hause werden die neuen Wunden die bereits vorhandenen übermalen.

Schaut der Direktor einmal aus jenem Fenster, das auf den kleinen Hof an der Rückseite des Gebäudes weist, dorthin, wo sich manchmal Raucher oder Verliebte vor den Blicken anderer verbergen, sieht er immer häufiger die Gruppe sich schlagender, aneinander zerrender junger Schüler. Es ist ihm nie ganz klar, ob es ein unterschwellig erotisches Gerangel ist. Ob gefährlich oder harmlos. Ob er einschreiten soll. Meistens sagt er nichts, erkennt aber eine Schülerin immer, nämlich Linne, und zitiert sie einmal zu sich. Muss es tun, aber eigentlich hat er ein bisschen Angst vor dem Mädchen, dem nicht beizukommen ist. Denn bei Linne versagt sein diplomatisches, öfter auch kriminelles Geschick. Alles läuft bei Linne ins Leere.

Sie zuckt nicht mit der Wimper, wenn mit Konsequenzen gedroht wird. Sie starrt durch den Schuldirektor hindurch. Treffen sich ihre Blicke doch einmal zufällig, schrickt er unwillkürlich zusammen und räuspert sich umständlich über die Peinlichkeit hinweg. Er, der schon alle Arten von Schülern auf diesem Stuhl vor sich hat sitzen sehen, die frechen und die dummen, die dreisten und die verlorenen, ihm bricht bei Linne der Schweiß aus. So anders ist das Kind, das seit dem Tod der Mutter weder eine Träne vergossen noch in den schulischen Leistungen nachgelassen hat.

»Linne«, sagt er. »Wir wissen, es ist nicht leicht.«

Aber natürlich hat er keinen Schimmer, was in Linne vor sich geht. Niemand weiß es.

»Was ist das für eine Schlange?«, fragt sie.

Ein alter Stich hängt an der Wand hinter ihm. Der Schulleiter dreht sich auf seinem knarrenden Stuhl um, der in den Kurven butterweich wird und ihn tiefer rücklings sinken lässt, als ihm lieb ist.

»Eine Aspis-Viper«, sagt er. »Ein Lauerjäger. Sie wartet, bis ihr das Fressen vor das Versteck läuft. Sie kann sehr ungemütlich werden, wenn man sie stört.«

Er dreht sich um. Schon halb der Hoffnung erlegen, eine Verbindung zu Linne hergestellt zu haben. Er könnte ihr ein Schlangenbuch ausleihen. Er könnte dem Klassenlehrer einen Ausflug ins Terrarium des städtischen Zoos empfehlen.

Er dreht sich um, aber Linne ist gegangen.

4.

Steve findet Micha. Wischt ihm die Tränen fort, die Haare aus der Stirn und hört sich alles an. Findet auch die geschmolzene Praline in Michas Hand. Holt einen Waschlappen, säubert damit die Hand. Jeden Finger einzeln.

Er hört sich an, dass Micha Frau Kornmehl nicht mehr besuchen darf, und er fragt warum. Micha zuckt mit den Schultern, aber Steve kann es sich denken. Es liegt eine verdrehte Logik darin. Denn die Leute kaufen sich Autos, Erlebnisse und Hobbys und kaufen sich ganz genauso Entscheidungen. Weil es sich gut lebt, wenn man nachtut, was andere einem vormachen. Es also erwiesenermaßen kaufbar, machbar, denkbar, inhalierbar und demnach richtig ist. Und Micha, ein trauerndes Kind bei einem alten Menschen, passt da nicht rein. Die Mohns passen da nicht rein.

Es dauert lange, bis Micha sich beruhigt und nicht mehr weint. Steve schleicht sich spät aus dem Zimmer und flieht die Enge der Wohnung und die Enge seiner Gedanken hinaus auf die Straße. Das Longboard unter den Füßen, gleitet er fast lautlos über den Asphalt. Ab und an ein *bibbedibipp,* wenn eine Teerspur die glatte Oberfläche der Straße durchschneidet. In wenigen Tagen wird der Asphalt weich werden. Die Hitze wird in den Gassen und hinter heruntergelassenen Jalousien stehen. Zwischen schmalgeschlitzten Sonnenlichtstreifen werden die Nachmittage zu einer unübersichtlichen Menge an Zeit zerfließen.

Er nimmt noch immer die sicheren Wege. Jene, mit möglichst wenig Ablenkungen, denn das ist sein Kreuz, in allen Dingen sieht er Gesichter. Im Türgriff den langnasigen Gesellen. Im Wecker den heiteren Schelm. Im Gullydeckel den Gestürzten. Als Kind schon versäumt er deswegen Unterricht. Gruselt sich vor Grimassen in der Tapete. Führt lange Gespräche mit dem verschnörkelten Ende eines Handlaufs. Seine ganze Welt besteht aus der Not von Gesichtern, die sich ihm mitteilen. Er fühlt sich verantwortlich. Es ist ihm oft zu viel. Erst heute Morgen hat Steve in sein Müsli geschaut und konnte es nicht essen, weil darin ein Kopf einzusinken schien, als wäre es der Mann im Mond. Adam trat hinzu, schaute in die Schale und sagte: »Das Erbe deiner Mutter.«

»Dass ich mein Müsli nicht essen kann?«

»Dass deine Oberfläche vergrößert ist. Auf alles und jeden fällt dein Gefühl.«

»Nicht freiwillig.«

»Diese Wohnung zum Beispiel.«

»Sie hat immer geschimpft, die Wohnung wäre zu klein.«

»Weißt du noch. Sie hat immer ein Licht brennen lassen, damit die Wohnung belebt aussieht. Nein, das stimmt nicht. Ich muss es richtig sagen. Sie hat immer ein Licht brennen lassen, damit die Wohnung sich nicht so allein fühlt. Und als du klein warst, hast du ihre seltsame Art von Mitgefühl für eine Wohnung, hast du diese Empfindung geteilt und Kaffee in eine Gießkanne gefüllt und die Tapete damit gegossen, weil du dachtest, die Wohnung möge ebenfalls Kaffee, hätte außerdem Hunger. So hast du Essen in den Wohnzimmerecken verteilt. Spinat. Spinat hast du verteilt, und wir haben Tage gebraucht, um das wieder wegzubekommen. Und dann haben wir dir geraten, die Wohnung mit einfacheren Sachen zu füttern. Mit Keksen zum Beispiel. Und die waren dann anderntags fort. Ich habe sie jedenfalls nicht weggeräumt, und ob Johanne es gewesen ist, ich denke, das kann keiner sagen.«

Steve schließt die Augen. In voller Fahrt bergab legt er es darauf an, dass es gutgehen wird. Er wird schneller und schneller, aber er fährt, als gäbe es nur ihn inmitten des Sommers, nur das Surren seiner Räder. Nicht die hupenden Autos, die aus den Nebenstraßen schießen. Er will es nicht hören, und er will es nicht wissen, denn in den wenigen Minuten, in denen er so selbstvergessen wagemutig ist, scheint er frei von den Anrufungen anderer.

So rast er den Hang hinab. Eine äußerst fragile Figur. Sein Ziel ist die große Eiche. Unter dem Baum findet sein müdes Selbst oft Auflösung, wenn alle Blätter zugleich wispern und ihre Geschichten erzählen. Heute hätte er gern gelauscht, aber ausgerechnet heute sperrt ein rot-gelbes Band die Eiche ab und ein Schild warnt vor dem Befall durch Raupen.

Dabei wäre das Schild gar nicht nötig, die Raupen sieht man auch so. In endloser Reihe marschieren sie auf den Baum zu, die Rinde hinauf, um dort mit feinen Gespinsten alle Zweige und Blätter einzuweben. Sie bewohnen den Baum. Sie machen ihn mundtot. Sie fressen ihn auf.

Erschrocken schaut Steve zu den zuckenden Leibern. Wenn sie mit den Blättern fertig sind, werden für Steve keine Worte mehr übrig sein.

Jetzt bist du stumm, mein Freund, denkt Steve.

5.

Das Ehepaar Kalster steht gern am Fenster. Sie haben Jahre gelebt und wohl auch Geschichten. Aber inzwischen sind sie inmitten ihrer Rituale verknöchert, und Unvorhergesehenes wirft sie schnell aus der Bahn.

Sie sind auch auf Johannes Beerdigung gewesen. Weil sie zu allen Beerdigungen der Nachbarschaft gehen. Da trippelten sie von einem Bein auf das andere. Sie sehr klein. Er sehr groß. Beide argwöhnisch und ungehalten, weil es nicht so recht voranging. Es hatte die ganze Nacht geregnet. Die Wiese, auf der die Beisetzung stattfinden sollte, war vollgesogen, und das Grundwasser stand zu hoch, sodass die Urne wie ein Korken auf dem Wasser tanzte und partout nicht unter die Erde zu bringen war.

Das empörte die Kalsters, ließ sie nicht ruhen, ihre Verdauung geriet durcheinander.

Das berichten sie wiederum Adam, der, unrasiert und erschöpft von der Vorstellung all der kommenden Jahre ohne Johanne, die Tür öffnet und sich die Vorwürfe der etwas ranzigen Kalsters anhören muss.

Sie wollen Versicherung, dass alles in Ordnung ist. Sie sorgen sich, die Mohns könnten sich die Urne womöglich ins Regal stellen. Sie haben gehört, zum Leichenschmaus gab es eine Tortenschlacht. Sie wissen das genau, denn der Konditor, bei dem die Torten bestellt worden seien, habe Adams Frage doch recht befremdlich gefunden, welche Torten denn wohl am besten fliegen würden. Ob Steve denn im Übrigen wieder eingezogen sei und ob die Aufzucht der Jüngsten gewährleistet. Ob sich die Mohns überhaupt einmal in die Lage von ihnen, den Kalsters, hineinprobiert hätten. Diese Unruhe in der Nachbarschaft täte ihnen nicht gut. Es gäbe schließlich das eine oder andere Herzproblem.

»Ich habe auch ein Herzproblem«, sagt Adam.

»Wie interessant. Welches denn?«

Die Kalsters sind Auge, Ohr.

»Mein Herz ist gebrochen«, sagt Adam.

»Ach so«, lächeln sie peinlich berührt. Immer diese Gefühle bei anderen Menschen. Was die wohl glauben. Als hätten sie die Gefühle erfunden.

»Wir meinten ein echtes. Ein medizinisches. Ein nachweisbares.«

»Na ja. Meine Frau ist nachweisbar tot«, sagt Adam. »Oder etwa nicht?«

Oder etwa nicht. Das klingt noch in Adam, da hat er den Kalsters längst die Tür vor der Nase verschlossen. Sind seither schon Tage und Wochen vergangen. Er weiß es nicht sicher.

Oft hat Adam den Eindruck, Opfer eines immerwährenden Anschlussfehlers zu sein. Wo er eben noch Schnürsenkel an seinen Schuhen bindet, aber im nächsten Augenblick barfuß steht. Eben eine blaue Hose trägt, aber kaum in einem anderen Raum, scheint die Hose rot oder grün. Ist mit einem Mal die Brille von seiner Nase verschwunden. Ist der Dreitagebart fort. Taucht im nächsten Moment wieder auf. Es ist nichts, was er nicht aushalten kann. Oder muss er jetzt gar nichts mehr aushalten. Hat er ein Recht darauf, aus allem auszusteigen.

Was tust du bloß hier, denkt er oft. Wo doch Trauer ein Zimmer ist, das du gut kennst. Es hat ein Fenster, Tisch, Bett und Stuhl. Es ist gefüllt mit Leben, mit Langeweile, mit anderen. Aber eines Morgens ist es anders, und du setzt die Beine aus dem Bett auf den Boden und senkst deine Füße in stumpfes Schwarz, das durch deine Fußsohlen in dir emporwächst, und wenn du aufstehst, dauert jede Bewegung eine Ewigkeit, und willst du aus dem Fenster schauen, gibt es dort nichts mehr zu sehen, weil die Scheiben blind sind und Pech an ihnen hinabrinnt. Und dann geht das Licht aus in diesem Zimmer, das du eigentlich so gut kennst. Und dann wird die Luft knapp zwischen diesen Wänden, die näher gerückt sind oder dich narren wollen. Du tappst ungeschickt in deinem Zimmer herum, mit dem du nichts mehr anfangen kannst, das dir die einfachsten Handlungen erschwert. Du stolperst und fällst und rutschst aus und schaffst es doch noch an den Tisch oder in das Bett, aber das Schwarz saugt sich weiter in dir empor, als wärest du ein gottverdammter Schwamm. Und alles andere geht zu Bruch. Alles geht vor die Hunde. Draußen hörst du manchmal Geräusche und ganz selten, wenn es einen Moment gibt, in dem du glaubst, es hinausschaffen zu können und -schaffen zu wollen, tastest du dich an der Wand entlang zur Tür, aber die ist nicht mehr da.

Adam kündigt.

Zum Abschied reichen sie ihm die Hand. Einen Kuchen gibt es auch. Aber Adam hat nur Augen für den Fleck auf seinem Hemd. Das einzige Hemd, das er seit ihrem Tod trägt. Das er zu allen wichtigen Anlässen getragen hat. Bei seiner Abschlussfeier ebenso wie am Tag seiner Hochzeit. Das nächste Mal bei Steves Geburt. Auch bei

Linnes Geburt. Bei Michas. Er hat es zu Johannes Beerdigung übergestreift und seither nicht mehr in den Schrank gehängt. Seither wäscht er es jeden Abend aus. Legt es nass über die warmen Stuhllehnen auf dem winzigen Balkon, der hinaus auf die Straße kragt. Auf dem eine vertrocknete Topfpflanze platziert ist, von der niemand mehr weiß, welcher Art sie eigentlich ist. Morgens streift er das Hemd wieder über. Dann scheint es ihm papierdünn. Manchmal noch klamm. Aber er trägt es auf der Haut, als wäre es ein Teil ihrer Haut. Als könne es ihn umarmen und beschützen. Er will nie wieder etwas anderes tragen.

Jetzt aber ist da dieser Fleck. Und noch während seine Kollegen zu ihm sprechen, ihm gute Worte mitgeben wollen, die sie am Abend oder erst Stunden zuvor einem Ratgeber für schwierige Verabschiedungen entnommen haben, dreht er ihnen den Rücken zu und wischt wieder und wieder an dem Fleck. Ohne aufzuschauen geht er aus seinem Büro und aus seinem Arbeitsleben hinaus.

An der Haltestelle für die Tram, die er für gewöhnlich auf dem Heimweg nimmt, sitzt die Dame mit Hund. Eine heimatlose Frau, die sommers wie winters damit beschäftigt ist, sich eine rote Decke um den Leib zu wickeln. Selten ist sie mit dem Ergebnis zufrieden. Sie entwirrt die Decke wieder und wieder und beginnt von vorn. Ein mühsamer Akt voller Beschwörungen und geheimer Regeln, die sie sich selbst auferlegt, um das perfekte, das einzig akzeptable Ergebnis zu erzielen. Manchmal sitzt sie schon, wenn Adam kommt. Dann fragt er sich, was heute anders gelaufen sein mag, dass ihr die Decke offensichtlich Genüge leistet, und was an anderen Tagen fehlt. Auch heute sitzt die Dame mit Hund bereits auf der Bank der Straßenbahnhaltestelle. Sie hat im Übrigen gar keinen Hund. An einer langen Leine führt sie einen Gummiball mit sich. Geht sie tatsächlich einmal wenige Schritte um ihren angestammten Platz, so hoppelt der Ball an der Leine über den Bordstein auf eine ähnlich unberechenbare Weise wie ein Hund. Sitzt sie auf der Bank, bleibt der kleine Ball zwischen ihren Füßen. Neben sich parkt sie einen turmhoch bepackten Einkaufswagen. Taschen und Tüten, die überquellen von Dingen. Gefundene, aus dem Sperrmüll geklaubte. Für nützlich, für kostbar gehalten und mit sich genommen. So viele Taschen, dass deren Inhalte längst vergessen sein müssen. Rauchend sitzt die Dame mit Hund und beschimpft die ein- und aussteigenden Fahrgäste. Manchmal wird sie verscheucht. Kommt aber stets zurück.

Die Dame mit Hund mustert Adam. Seine innere Not, seine Wischbewegungen über dem Hemd. Gleich hat sie Fleckenmittel und Lappen zur Hand. Sie robbt auf der Bank näher an ihn heran, er ist dagegen völlig machtlos. Er hält den Atem an, als sie sich über ihn beugt und sein Hemd zu bearbeiten beginnt. Ihrem Kragen und ihrem Haar entsteigt ein wilder Geruch.

»Locker lassen«, weist sie ihn an.

Adam versucht sich in Luft aufzulösen.

»Kennen Sie die Geschichte von der Frau mit dem Hexenzeh?«

»Nein«, sagt Adam.

»Die müssen Sie hören«, sagt die Dame mit Hund.

»Muss ich«, sagt Adam schwach.

»Jeder muss die kennen. Wer die nicht kennt, ist verloren.«

Ich fühl mich verloren, denkt Adam.

»Eben«, sagt die Dame und stippst auf dem Fleck herum.

»Was wissen Sie über das Geschichtenerzählen?«, fragt sie.

Ich weiß nichts, denkt Adam.

»Aha«, sagt die Dame. »Wo es doch nur zwei Sorten Menschen gibt.«

»Und da sind Sie sicher.«

»Am sichersten.«

»Welche Sorten«, fragt Adam. Ob ihn der Geruch wohl gleich umbringt.

»Die einen erzählen Geschichten. Die anderen hören zu.«

»Ach«, sagt Adam.

»Jawoll«, sagt die Dame. »Und wenn Sie jetzt ein netter Kerl wären, dann würden Sie fragen«, sagt sie.

»Um Gottes willen, was denn fragen?«

»Zu welcher Sorte Sie gehören. Oder ich, und dann würden Sie mich meine Geschichte erzählen lassen und würden mir dafür Zigaretten geben. Oder Geld. Oder Hundefutter.«

Die Dame mit Hund hört auf, Adams Hemd zu bearbeiten. Die Stelle ist noch nass, aber die Abendsonne wird es rasch trocknen. Adam und sie sehen beim Verdunsten zu. Der Makel verschwindet.

»Danke«, sagt Adam.

»Was ist jetzt?«, fragt die Dame.

Adam gräbt in seinen Hosentaschen, hat aber kein Geld einstecken.

»Es tut mir leid«, sagt er.

»Es tut dir nicht leid. Du Blödmann schuldest mir was«, sagt die Dame und krümelt vor Wut auf ihre Decke.

Adam nickt. Seine Bahn kommt.

Er steht auf und gleichzeitig steht die Dame auf, um die Decke auszuschütteln. Adam steigt in die Tram und setzt sich ans Fenster. Er weiß, sie wird Stunden brauchen, um mit ihrer Decke wieder zufrieden zu sein.

Die Tram fährt, und Adam schämt sich. Er legt die Hände an die Scheibe und hat Mühe, sich an seine Haltestelle zu erinnern. Er will nicht allein sein. Er sollte aussteigen und zurücklaufen. Er sollte bei der Dame mit Hund sitzen bleiben. Das würde wenigstens gar keinen Sinn machen. Vielleicht ist das auch der einzige Kurs, den es zu halten gilt: Dinge zu tun, die keinen Sinn ergeben.

6.

In der Schule sitzen Linne und Micha mit ihren versteckten Seelen Zeit ab, während sie Dreiecke und Zirkel über die Hefte schieben. Sie gehen nicht in dieselbe Klasse, aber treffen einander in den Gängen, ihre Blicke auf ewig ineinander verschworen, die Pausen verbringen sie fast immer gemeinsam.

Im Deutschunterricht liest man Gedichte, interpretiert Geschichten, und nichts davon kommt Micha nah. Den Kunstunterricht verabscheut er. Das Thema gilt dem Porträt. Ausgerechnet dem begabtesten Mädchen der Klasse sitzt er Model. Alles in seinem verschlossenen Gesicht bannt sie unbeirrbar auf das Papier. Die Handvoll Sommersprossen. Die schmale Narbe an der Unterlippe. Die ständig leicht gerunzelten Brauen über den dunklen Augen und in diesen Augen, ein oberflächlicher Zorn, der in eine traurige Leere führt. Alle finden es gelungen. Micha wünscht, ihn hätte sein Banknachbar porträtiert, der überhaupt nicht malen kann. Sein

Gegenüber mit einer Gurkennase versieht, den Kopf unförmig und schwellend wie einen Luftballon auf das Papier zittert. Über dieses Porträt lachen alle. Michas Porträt wird gerahmt und hängt im Schulflur. Zweimal reißt Micha es herunter. Anschließend hängt es ganz oben.

Nach der Schule fahren Micha und Linne mit der Straßenbahn zum Friedhof. Während der Fahrt sitzen sie einander im vertrauten Muster ihrer Beine gegenüber. Linkes Bein Micha, rechtes Bein Linne. Rechtes Bein Micha, linkes Bein Linne. Sie schauen aus dem Fenster, schauen und kein Bild findet in ihre Herzen. Nicht das Grobe und Gemeine der Stadt. Auch nicht das Schöne. Oder vielleicht treffen die Ereignisse auf eine Stelle, an der die Kinder sie später betrachten werden.

Die Nachmittage verbringen sie auf dem Friedhof. Dort finden sie auch bei größter Hitze kühlen Schatten. Im hinteren Teil stehen die Grabsteine schief und sind so verwittert, die Namen der Toten sind längst unleserlich. Die Steinengel tragen verschwommene Züge. Linne mag den weichen, abgeschliffenen Ausdruck. Er ist gerade richtig.

»Wir kommen in friedlicher Absicht«, sagt sie, bevor sie ihre Decke zwischen den Gräbern ausbreitet.

Es riecht nach Moos. Zwischen Steinen und

Wurzeln gibt es Stellen, die nicht mehr trocknen. Micha liest Comics, Linne arbeitet ihre Hausaufgaben ab. Sie lauschen der Ruhe, den trägen Vogelstimmen, dem Gemurmel an frischen Gräbern, die hügelaufwärts in der Sonne liegen. Manchmal fällt ein Trauernder in Ohnmacht. Sinkt in der großen Hitze um. Krankenwagen kommen dann. Mal wird gewitzelt, die Ohnmächtigen könnten doch ebenso gut bleiben.

Linne hätte nichts dagegen zu bleiben. Verborgen zwischen den Steinen. Sie stellt sich vor, wie sie ein Dach zwischen den Grabsteinen spannen würde. Tagsüber würde sie Taschen und Schlafsäcke zusammenrollen und verstecken, um über den Kiesweg zu spazieren. Gesäumt von Eiben und Pappelgewächsen. Hohes, schlankes Immergrün. Schatten spendend, unveränderlich. Schaut, die Grabsteine verwittern, die Holzkreuze kippen um, die Kastanien platzen und trocknen auf den Wegen, aber die Eiben sind unveränderlich und lassen sich nicht einmal vom Wind beeindrucken. Und würden auch nicht über die Kinder staunen, die sich hier einrichten und Essen mitbrächten. Vielleicht einen Kocher organisierten. Und ihre Rücken würden sie gegen die Bäume lehnen und warten, bis die Nudeln in dem kleinen Topf gekocht wären. Sie würden sie ohne alles essen.

Auch ohne Tagebuchseiten, und es wäre ein Festmahl.

Linne hebt einen Stein. Darunter erschrecken die Asseln und fliehen. Linne reibt den Stein mit den Fingern und lauscht auf Geräusche. Schritte, die sie kennt und auf die sie wartet. Aber bislang hört sie nur das Scharren der Trauernden.

Von denen gibt es verschiedene. Manche weinen den gesamten Weg bis zum Grab. Sind sie aber dort und ist die Zeremonie in vollem Gange, haben sie sich bereits erholt, und auf dem Rückweg zünden sie sich Zigaretten an und freuen sich schon auf den Kaffee.

Andere schreiten scheinbar gleichmütig zum Grab, ringen aber beim Anblick dieses Lochs in der Erde um Fassung. Auch auf dem Rückweg müssen sie noch weinen und werden der Sache nicht mehr Herr.

Es gibt Beerdigungen, bei denen ununterbrochen geweint wird. Da geht es meist um Kinder.

Es gibt Beerdigungen, da fliegen Luftballons und auch Tauben. Es gibt Bestattungen, da erweist eine Blaskapelle die letzte Ehre. Goldene Instrumente, die die Sonne reflektieren und Linne in ihrem Versteck blenden.

Es wird auch oft gestritten. Angehörige kommen sich in die Haare und rollen raufend zwischen den Gräbern. Frauen verlieren dabei ihre Schuhe. Männern reißen die Ärmel aus den Jacken, die sie vielleicht für diesen Anlass nur geliehen haben.

Linne schaut und staunt, aber eigentlich wartet sie nur auf Brassert. Brasserts Schritte auf dem Kiesweg. Brassert, der den Friedhof quert, denn sein Ziel ist der Fluss, der trüb hinter dem Friedhof verläuft. Begegnet Brassert Bestattern oder Gärtnern, wird er gegrüßt, weshalb Linne seinen Namen weiß. Brassert aber grüßt nur die Gräber.

Sein Gang ist schwerfällig. Ein Bein zieht er nach, aber auch das andere scheint er nur vage zu fühlen, als sei es ihm seit Jahren fremd. Die Arme hält er leicht vom Körper entfernt. Die ganze Zeit kontrolliert er seine Schritte. Dieser schwere, sich voran rudernde Koloss steigt über den niedrigen Zaun an der Rückseite des Friedhofs und tappt bis hinunter zum Fluss. Der braun und zähflüssig fließt. Dort säumt Abfall das Ufer, und Oberleitungen hängen viel zu tief und in wirren Überschneidungen. Gegenüber verlaufen die Eisenbahnschienen. Im Wasser schwimmen drei Schwäne. Und kaum, dass Brassert diesen unwirtlichen Ort erreicht hat, entsteigen die Tiere dem Wasser und erklimmen die schräge Böschung. Bewegen sich hinauf ebenso schwerfällig wie Brassert. Ihre Körper nicht für die Steigung gemacht. Die schwarzen

Flossen setzen sie mühsam voreinander, watscheln und senken die Köpfe tief, um das Gleichgewicht nicht zu verlieren und nicht wieder hinunterzurollen. Hat ihnen der Ort das Fliegen verleidet. Hängt das Elend an ihren königlichen Hälsen.

Sie fressen Brassert aus der Hand. Und er isst auch von dem alten Brot.

Linne ist Brassert schon mehrmals nachgeschlichen. Nur zu gern wüsste sie alles über diesen Mann, diesen angezählten Hünen, der die Toten grüßt und die Schwäne zähmt.

Und heute traut sie sich. Sie geht zu ihm. Die Schwäne zischen sofort, und Brassert schiebt das Mädchen unwillig ein Stück hinter sich.

»Ich habe auch Brot«, sagt Linne.

»Sie nehmen nur meins«, sagt Brassert.

Linne glaubt es nicht.

»Ich kenne dich. Du lungerst doch immer auf dem Friedhof herum«, sagt er, ohne sie anzuschauen.

»Meine Mutter ist tot.«

»Meine auch.«

»Das zählt nicht.«

»Wieso nicht?«

»Ich bin ein Kind. Kinder sollten Mütter haben.«

Brassert brummt, zögert, reicht ihr etwas von dem alten Brot.

Gemeinsam füttern sie die Schwäne.

»Hast du gar keine Angst vor mir?«, fragt Brassert einmal. Schweigt aber, als er Linnes verständnislosen Blick sieht. Wovor soll sie wohl noch Angst haben.

Irgendwann sind sie fertig mit Füttern. Die Schwäne breiten ihre Schwingen aus und schwerfällig, wie sie gekommen sind, stapfen sie die Böschung wieder hinab. Erlangen erst im Wasser ihre Anmut zurück. Gleiten davon.

»Also dann«, sagt Brassert etwas ratlos.

»Kann sein, dass ich dich mal brauche«, sagt Linne schnell.

Brassert nickt.

»Du weißt ja, wo du mich findest«, sagt er und geht davon. Den Weg über den Friedhof. Kommt an den Grabsteinen vorüber, hinter denen Micha eingeschlafen ist. Steigt über den grünen Hügel, jene Rasenfläche, die völlig schmucklos die Urnengräber beherbergt. Auch das Grab der Mutter. Johannes Grab. Dort am Horizont erst löst sich Brasserts Gestalt auf.

7.

Überraschend und doch eigentlich erwartbar ist der Sommer in der Stadt. Ganz so wie der Tod.

Wie haben sie die heiße Jahreszeit verfluchen gelernt. Als die Trauer mit den ersten hellen Tagen kam und jeder Schritt in Hitze gegangen werden musste. Wo Sonne ihr ganzes Elend erbarmungslos zur Schau stellte. Nirgends Dunkelheit, in die sie hätten flüchten können. Und überall Sommergeräusche. Die Fröhlichen und Feiernden. Musik, Lachen, Gespräche. Lichterketten, Jahrmärkte und Biergärten. Grillgeruch von allen Balkonen. Geburtstagsbesuch, Fußballmeisterschaften. Wäre es im Herbst anders gewesen. Weniger schwer. Anders schwer. Wie sollen sie das wissen. Für sie ist jeder Sommer zur Erinnerungsfalle verdammt. Zum Abschreiten der schrecklichsten Momente und bittersten Stunden. Sie warten auf den Herbst. Sie werden sich Winterseelen zulegen. Sie werden Angst vor dem Frühling haben, und schon im Mai werden sie die Jalousien vor der Sonne schließen, um alle Wärme draußen zu halten. So lange wie möglich noch Pullover tragen und Hosen aus schwerem Stoff. Glauben, noch fröre man und es läge morgens nach wie vor Raureif auf den Zweigen. Lange vorgeben, das müde Amselgezwitscher wäre eine Ausnahme und nicht der Abendgesang, der sie in ihre Träume begleiten wird. In ihre Flucht und Hoffnung. Um dann zu erwarten, beim Aufwachen wäre es anders. Wäre etwas verwandelt. In etwas Unvorstellbares. In einen Ort, den sie kennen, an dem sie wieder ganz sein dürfen, weil es ihre Gesetze sind, ihre Träume und ihr Leben.

Mit Linne und Micha geht Steve ins Freibad. Adam will später dazukommen. Es ist so voll, lange suchen sie nach einem Platz. Reihen Handtücher nebeneinander auf. Es ist für sie eine Anstrengung. Diese normale Tätigkeit.

Müßig und völlig ungeniert werden sie von den übrigen Badegästen beobachtet. Steve weiß, dass sie sich bei ihrem Anblick fragen, welchen Bezug er und die Kinder wohl zueinander haben. Ob er ein sehr junger Vater ist, Erzieher oder Freund. Steve fühlt, sie sind falsch hier. Ein Rätsel unter den anderen. Eine Weile versuchen sie es mit Lesen. Dann schlägt Steve ein Spiel vor, das zwischen den vielen Badegästen nicht recht gelingt. Dann wollen sie schwimmen.

Micha geht mit der ihm eigentümlichen Art ins Wasser. Schritt für Schritt, dabei unablässig den Kopf mit dem Ohr zum Wasser geneigt, als lausche er auf etwas. Zwischen seinen Schritten hält er inne, horcht, wartet. Und so geht er weiter und immer tiefer ins Wasser, bis ihm sein Körpergewicht abgenommen ist und er von allein schwimmt.

Steve schaut ihm eine Weile zu. Er hat es noch nie anders bei Micha gesehen. Und doch muss es eine Zeit gegeben haben, in der Micha noch so klein war, dass er vielleicht hineingekrabbelt oder -gestolpert ist oder an der Hand der Mutter ging. Steve sucht nach einem Bild in seiner Erinnerung, aber in jeder Erinnerung ist Micha schon so alt wie jetzt. Linne schon so alt wie jetzt. Auch er selbst. Als wäre ihnen schon immer jenes Lebensalter auferlegt, in dem sie der großen Trauer begegnen müssen.

Gedankenverloren merkt Steve nicht, dass Linne sich in Richtung Rutsche auf den Weg gemacht hat und angriffslustig darauf zu marschiert. Als er es merkt, ist es fast zu spät.

Auf dem blauen Plastikrand am Fuße der Rinne hocken die jugendlichen Großmäuler der Stadt und lassen die anderen Spalier rutschen. Außer ein paar blöden Bemerkungen geschieht für gewöhnlich nichts, aber natürlich verdirbt es den Kindern den Spaß.

Linne erklimmt die Treppe zur Plattform und gestikuliert, damit die Jungs von der Rutsche verschwinden. Sie denken nicht dran und lachen Linne aus. Der ist es nur recht. Sie schiebt sich in Position, nimmt so viel Fahrt auf wie möglich und reißt hinabsausend zwei Jungs mit ins Wasser.

In einem Strudel aus Luftblasen und strampelnden Gliedmaßen gehen sie unter. Noch im Auftauchen packt Linne sich den Kleineren der beiden und drückt ihn auf den Boden des Beckens zurück. Dann taucht sie selbst kurz auf, saugt Luft in ihre Lungen, nur um sogleich wieder zu tauchen und den Jungen erneut niederzudrücken. Woher sie die Kraft nimmt. Und sie tut es noch ein weiteres Mal. Und hält nicht ein und lässt auch nicht locker, bis Steve sie erwischt und an die Wasseroberfläche zerrt, die dann auch der Junge prustend und würgend durchstößt.

Steve brüllt: »Linne. Was tust du?«

Der Junge japst und beginnt zu weinen.

Amüsiert verzieht Linne den Mund, lässt das Kinn dabei im Wasser, als ginge es um nichts. Steve ist fassungslos. Sie macht sich los und schwimmt davon. Steve versucht, etwas zu sagen. Aber es fehlt ihm die Sprache, mit der er Linne erreichen kann. Sie klettert aus dem Becken, läuft zurück zu ihrem Platz und wickelt sich in ihr Handtuch. Steve bleibt mit hängenden Armen über ihr stehen. Linne rollt sich auf die Seite und kneift die Augen zu.

Micha schaut fragend.

Steve sagt: »Kein Wort zu Papa.«

Denn was würde es nützen. Selbst wenn Adam ein dem Ernst der Tat angemessenes Gespräch führen könnte, selbst wenn er Linne für ihr Verhalten bestrafen wollte und ihm eine entsprechende Strafe einfiele, selbst dann würde das keinerlei Eindruck bei Linne hinterlassen. Sie würde nicht zuhören. Eine Strafe nur absitzen. Still, wie sie scheint. Ruhig, wie sie anderen vorkommen mag.

Steve kommt sie vor wie einer jener Männer, die bei Naturkatastrophen oder großen Unglücken spurlos verschwinden. Deren Leichen nie gefunden werden. In den Zeitungen liest man die Zahlen der geborgenen Körper, der Toten und der Überlebenden und dann immer dieser eine bedauernswerte Fall, diese eine Person, die nicht wieder auftaucht und die Angehörigen in ewigem Zweifel und qualvoller Hoffnung zurücklässt. Diese Unauffindbaren, von denen alle nur ahnen können, dass sie mitverbrannt sind, mitverschüttet, mitertrunken. Vielleicht aber haben diese auch einfach die Chance ergriffen, ein neues Leben zu beginnen. Haben sich mit letzter Kraft an das Ufer eines Meeres gerettet. Haben dort gelegen. Erschöpft und glücklich. Der Oberkörper noch von milder Gischt umsäumt. Die Nacht still. Große Fassungslosigkeit ob des eigenen Überlebens. Erleichterung. Dankbarkeit. Wenig später erste Zweifel. Will man denn eigentlich zurück. Der alte Beruf, das alte Leben, die alten Probleme. Und ist nicht in den letzten Jahren so eine Traurigkeit und Unzufriedenheit herangekeimt, hat zu wuchern begonnen. Wo man doch weiß, weder die Familie einfach verlassen noch sich aus den finanziellen Fallstricken befreien zu können. Mit heiler Haut und ohne Mord.

Aber jetzt ist man ja quasi ohne Zutun gestorben. Wird gewiss schon für tot gehalten. Ebenso tot wie jene, die es nicht aus den engen Schiffskabinen geschafft haben und jetzt mit aufgerissenen Augen und Mündern zwischen den Doppelstockbetten treiben, während ihre Koffer den Fischen als Versteck dienen.

Man wird glauben, die Haie hätten ganze Arbeit geleistet. Deswegen sei nichts mehr von ihnen übrig. Und der Kummer in den Herzen der Familie ist ja bereits da. Gar nicht künstlich hervorgerufen. Zwar fälschlicherweise, aber eben doch folgerichtig aufgrund der Umstände. Ein natürlicher Prozess. Man müsste ihn einfach nicht mehr aufhalten wollen.

Also meldet man sich nicht bei seiner Frau, nicht bei der Polizei. Sucht rasch den Strand nach Verwertbarem ab. Schuhe und Geld. Etwas in der Art. Man schlägt sich durch die Wälder und schafft es irgendwie, sich ein neues Leben aufzubauen und wird Jahre später vielleicht arm aber glücklich, vielleicht wohlhabend und auch glücklich an einem anderen Ort ein Leben führen, das einem sonst verwehrt geblieben wäre.

Steve vermutet, dass in Linne ähnliche Gedanken immer größere Kreise ziehen. Dass sie nur einen Schritt davon entfernt ist, sich ihren Rucksack zu schnappen und zu verschwinden. Er macht sich Sorgen. Nachts schläft er unruhig und fährt beim kleinsten Geräusch auf. Er schließt die Wohnungstür ab und versteckt die Schüssel. Er hält nach verräterischen Spuren Ausschau. Gepackten Rucksäcken. Leeren Spardosen. Aber noch ist es nicht soweit. Wenn sie auch keine besonders angenehme Zeit im Schwimmbad verbringen, so weiß er zumindest, dass sie den Heimweg gemeinsam antreten werden.

Adam kommt dazu. Er kämpft sich durch den Badebetrieb bis zu den Kindern, legt sein Handtuch neben Steve, begrüßt Linne und Micha, die nicht reagieren. Linne stellt sich schlafend. Micha streicht mit den Fingern durchs Gras. Den anderen Badegästen meint Steve eine Belebung anzumerken, denn sie bekommen jetzt Erklärung für die zuvor unübersichtliche Figurenkonstellation der Familie. Aha, ein Vater. Ebenfalls mit dieser hellen Haut und dem dunklen Haar, wie die Kinder. Die Mutter witzelte einst, sie schaue seit fünfundzwanzig Jahren das immer gleiche liebe Gesicht. Vater und Kinder gleichen einander in so vielerlei Hinsicht. Haut und Haare, Augenfarbe und -form. Der Schwung der Lippen, die gerade Nase, die Grube darunter. Alles wiederholt sich im Anblick des anderen.

Adam scheint überlegen zu müssen, was es in Schwimmbädern zu tun gilt. Affektartig bläst er eine zitronengelbe Luftmatratze auf, als habe er noch Kleinkinder, die um ihn herumspringen und nichts anderes erhoffen, als eine überirdische Anzahl von Stunden Blödsinn damit machen zu dürfen. Aber im Becken gibt es ja gar keinen Platz für ausgelassene Spiele. Außerdem fehlen diesbezüglich ganz entschieden die ausgelassenen Kinder. Er braucht ewig, und als er die Matratze schließlich zustöpselt, ist sie Fanal seiner Orientierungslosigkeit, und eine Weile betrachtet er sie staunend. Welches Rätsel hat er da in die Welt getragen. Steve nimmt ihm die Luftmatratze schließlich ab, legt sie neben sich und ein Handtuch darauf.

»Machs dir bequem«, sagt er.

Es ist ein Fehler gewesen zu kommen. Keiner fühlt sich hier wohl. Adam ruckelt herum. Steve kennt die Anstrengung in seinem Gesicht. Die Verzweiflung darin. Sie beide wollen alles gut und richtig machen und haben Furcht, es nicht zu schaffen.

»Komm. Wir gehen schwimmen«, sagt Steve und legt dem Vater die Hand auf den Rücken.

Sie gehen zum Becken, erobern sich eine Bahn, in der sie im gleichen Rhythmus der Arme das Wasser teilen. Jeder Schwimmzug ist ein Schwimmzug von früher. Die Erinnerungen schwimmen mit. Lange lassen sie sich darin treiben. Vergessen Linne und Micha, die unverändert ausharren. Ihre Seelen für andere verborgen. Sie frieren wie Eidechsen, und es mag sein, dass sie starr auf eine heilsame Wärme warten, die sie wieder lebendig werden lässt. Oder sie werden für immer so verweilen. Werden weder essen noch wachsen, stattdessen versteinern und verweilen, bis irgendjemand über sie stolpert oder sie umwirft und sie in tausend Teile zerschellen.

Steve und Adam kehren zu den Handtüchern zurück. Sie rubbeln sich die Nässe aus den Haaren, schütteln sich das Wasser aus den Ohren. Aber Linnes Rücken bleibt abgewandt. Die Finger hat sie in einen Roman eingelegt, den sie schon seit Wochen unbesehen mit sich herumträgt. Micha beobachtet Ameisen, die sich zwischen den Halmen über krümeligen Boden hinweg nach Hause mühen. Früher hat ihn dieser Anblick gerührt, denn er glaubte, die Ameisen brächten es nicht fertig, ihre toten Artgenossen zurückzulassen. Jetzt weiß er aber, sie tragen sie heim und verfütterten sie an ihre Larven.

Wortlos zieht Adam sich um. Auch Steve packt seine Sachen zusammen. Die Kinder tun es ihnen nach. Sind sogar schneller, fertig zum Gehen und schauen zu.

Adam versucht, die Luft aus der Matratze zu lassen. Anfangs gelingt das noch recht gut. Sie entweicht mit Pfeifgeräuschen. Dann geht es nicht mehr voran, und Adam muss Verrenkungen anstellen, um den Rest herauszupressen. Linne und Micha, die Rucksäcke geschultert, mit hängenden Armen. Wie still und verdammt Steve dieser Moment ist. Warum rollen sie nicht wenigstens mit den Augen. Warum machen sie den Großen vor Langeweile nicht das Leben schwer, indem sie noch mal davonspringen, noch mal ins Wasser, noch mal streiten, so wie alle anderen Kinder.

Aber Linne und Micha stehen wie kleine Automaten, die ihre Aufgaben ordnungsgemäß erledigt haben, denen aber im System die Funktion fehlt, was zu tun ist, hat man ebendiese Aufgaben ausgeführt. Vielleicht ist es ja das, was Steve gerade bei sich und den anderen spürt. Ob sie deswegen alle auseinanderfallen. Weil ihnen die Funktion fehlt, was zu tun ist, stirbt einer von ihnen.

Adam ringt sich ein schiefes Grinsen ab und spart sich Witze über die widerspenstige Luftmatratze und jene Hartnäckigkeit, mit der sie die Luft bei sich behält, wo es doch so viel Kraft gekostet hat, die Luft in sie hineinzuzwingen. Er rollt und knetet, bis Steve ihm das Ding aus den Händen pflückt, es faltet, das nun sperrige Paket seinem Vater vor die Brust drückt und ihn dann in eine endlose Umarmung einschließt, während die Luft zwischen ihnen nach und nach entweicht. Es ist traurig, und es ist lustig. Steve gibt sich Mühe, es lustig wirken zu lassen.

Aber Adam weiß, dass diese Umarmung der Umarmung am Grab gleicht. Und dass es für immer auch jene Umarmung sein muss, in die Adam und Steve sich nach dem letzten Atemzug der Mutter gerettet und für einen kurzen, unachtsamen Moment Linne und Micha ausgeschlossen haben.

Die sind abseits gewesen, wie jetzt auch. Und Linne hatte sich schließlich umgedreht und war den langen Flur des Krankenhauses hinuntergelaufen.

Hatte gespürt, wie gleich alle Trauer auf einmal

aus ihr herausrollen würde und es sie zerreißen, sie um sich treten müsste. Alle Gegenstände ergreifen und damit Fensterscheiben zerschmettern müsste, Monitore, Türen. Auch zu viert würde man sie nicht gebändigt bekommen. Sie würde sich aufbäumen. Werwolfstark sein, und man müsste ihr eine silberne Pille zwischen die Kiefer zwingen und sie in eine Gummizelle sperren, in der sie dreihundertundein Jahr schreien würde. Und im dreihundertundzweiten Jahr würde sie Luft holen, so tief, dass sie die Gezeiten verändern und das Meer auf sich zusaugen würde, und im dreihundertunddritten Jahr würde sie weiterbrüllen, und die Kinder würden allesamt taub auf die Welt kommen, um es dort überhaupt aushalten zu können.

Und als Linne dies gewusst hatte, war ihr Blick auf den Getränkeautomaten gefallen. Geld fand sich in ihrer Hosentasche. Sie wählte ein Getränk, das die Mutter ihr immer verboten hatte.

Linne öffnete also die Flasche, nahm einen Schluck, mit dem sie all das Vorgewusste und Vorgefühlte hinunterschlucken konnte. Dann warf sie die Flasche in den Müll und ging zurück zu den anderen.

8.

Auf der Rückfahrt vom Schwimmbad ist es voll in der Straßenbahn. Ist es unerträglich heiß und die vermeintliche Erholung des Badens sofort dahin. Die Hemden kleben ihnen am Leib und der Schweiß rinnt ihnen den Rücken hinab.

Steve harrt bei den Türen aus. Ein wenig Luft streift durch die gekippten Fenster. Linne und Micha hocken einander gegenüber. Micha fallen immer wieder die Augen zu. Das gemächliche Geruckel in der stickigen Hitze erschöpft auch den Vater, der weiter vorne einen Platz gefunden hat.

»Steve«, spricht ihn jemand an. Er dreht sich um.

»Marlene.« Er hat nicht erwartet, jemanden zu treffen. Nicht Marlene.

»Heiß.«

»Echt«, stimmt er zu.

»Es ist schön, dich zu sehen«, sagt Marlene. Steve findet Marlene schön. Sie trägt das wellige Haar kinnlang. Marlene legt sich die Finger auf die Oberlippe und lacht.

»Seit wann hast du denn Schnurrbart, Steve!«

»Noch nicht lang.«

»Oh!« Sie scheint sich zu besinnen. »Nicht doch – wegen deiner Mutter?«

Er ist verwirrt. »Meine Mutter hatte doch gar keinen Schnurrbart.«

Marlene lacht laut. Sie lacht immer so unfassbar laut.

Er weiß noch genau, dass ihn das schon beim ersten Kennenlernen verwirrt hat. Wie sie über alles lacht. »Jedenfalls tut mir das mit deiner Mutter sehr, sehr leid«, sagt sie. Steve nickt.

In den Kurven stößt Marlene gegen ihn. Sie wirkt ein wenig unsicher auf den Beinen. Hat sie getrunken. Sie riecht nicht, als habe sie getrunken. Sie riecht gut. Steve überlegt, wie er wohl riecht. Marlene plaudert und plaudert. Alles rauscht an ihm vorbei. Er spürt Linnes Blick, und als er zu ihr schaut, sieht sie aus, als wolle sie Marlene umbringen.

»Hörst du mir überhaupt zu?«, fragt Marlene.

»Nein.«

Marlene lacht und erzählt von einer alten Villa am Stausee, die sie mit Freunden in den letzten Wochen bezogen hat. Den ganzen Tag hätten sie nichts anderes getan als zu kochen, zu essen, abends Wein zu trinken und den Garten zu genießen.

»Das war schon beinahe anstrengend.«

In der nächsten Kurve bleibt Marlene an Steves Brust gleich liegen. Er spürt ihren Körper gegen seinen drücken. Ihr Mund ist ganz nah an seinem Ohr.

»Abends kann man über den See schauen und im Mondlicht baden gehen. Es ist umwerfend.«

Steve ringt nach Luft und wechselt den Haltegriff, aber eigentlich will er nur Marlene loswerden. Sie lacht wieder und scheint es zu akzeptieren. Und plötzlich weiß Steve, was ihn befangen macht, und sagt es auch gleich: »Du trägst das Haar wie meine Mutter früher.«

Marlene fasst sich an eine Strähne.

»Und ist das jetzt gut oder schlecht?«

Steve weiß keine Antwort. Er hat auch sein Telefon nicht parat, als Marlene ihm ihre Nummer geben will.

»Du bist herrlich«, sagt sie. »Ich notier sie dir.«

Sie hat einen Stift und findet einen Streifen Papier. Sie notiert ihre Nummer, gibt sie Steve, und der folgt einer sechswöchigen Routine, nimmt das Papier und schluckt es hinunter.

»Entschuldigung«, sagt Steve sofort. »Ist so eine Art Reflex.«

Ausnahmsweise lacht Marlene einmal nicht. Ihre Augenbrauen durchlaufen eine Wellenbewegung. Er würde das auch gern können. Sie greift nach seinem Arm und schreibt rasch ihre Nummer auf seine Haut. Dann hält die Bahn, und Marlene beeilt sich auszusteigen. Aber ihr Beeilen hat einen Hänger. Irgendetwas stimmt nicht mit ihren Bewegungen. Als hätten diese einen Schluckauf.

Steve hätte gern noch etwas gesagt. Vieles gesagt. Aber da fahren sie bereits weiter.

Wie erschöpfte Krieger ächzen sie sich daheim durch das Treppenhaus. Ihre Wohnung liegt im dritten Stock. Sie hören Kinder im Garten spielen. Mal klingt es nach Krieg, dann nach Glück.

Sie plagen sich mit ihren Taschen und stinken nach Chlor.

Nachbarin Schmidt, aus der Wohnung unter ihnen, stellt sich ihrem Aufstieg in den Weg. Die Schmidt ist unbestimmbaren Alters. Blonde Hochsteckfrisur. Schwerer Körper. Sie ist aufdringlich. Neugierig. Immer stellt sie anmaßende Fragen. Warum man unterschiedliche Socken trägt. Warum man seit Tagen nicht mehr geduscht hat, das hätte sie ja ansonsten gehört. Hygiene sei doch wichtig. Vor allem in schwierigen Zeiten. Sie selbst habe unausgepackte Wäsche und Nachtzeug in einer Tasche parat liegen, sowie ein Paar nagelneue Hausschuhe, falls ihr einmal ein Krankenhausaufenthalt bevorstünde. Und ach übrigens, das mütterliche Fahrrad, ob man das nicht allmählich wegstellen könne. Wo es doch nicht mehr gebraucht würde und der Platz für andere so viel nützlicher.

Seltsam ist die Schmidt. Ihr Gesicht ist ganz rosa. Und die sommerlichen Temperaturen bekommen ihr nicht. Bedauerlicherweise kann sie gar nicht schwitzen, erzählt sie den Kindern, weshalb die Sommerhitze in ihr anläuft und gegen die Schädeldecke drückt. Unwillkürlich müssen Micha und Linne ihr auf den Haaransatz starren und rechnen damit, dass der Schopf dort oben abplatzen und davonsprengen wird. Und die Schmidt wird dann sagen, so ein Schlamassel. Und dann wird der Kopfdeckel die Treppenstufen hinunterkullern, und sie hinterherhoppeln und sich dabei die Hand flach auf den Kopf legen, damit unterwegs das wabbelnde Gehirn nicht rausfällt. So wird sie der Schädeldecke nacheilen, aber diese munter zur Tür hinaushüpfen, welche gerade ein Nachbarsjunge geöffnet hat, der erschrocken beiseitespringt, dann die Straße hinunter, und die Schmidt immer hinterher. Beide werden sich unbeschadet in den Verkehr einfädeln, und das Rufen und Winken der Schmidt wird nichts helfen, denn niemand wagt den Schopf aufzuhalten. Der dann, was für ein Jammer, in einem Gully verschwinden wird. Woraufhin die

Schmidt zukünftig mit einem Topfdeckel oberhalb der Stirn gehen muss. Micha und Linne lieben diese Vorstellung sehr. Es gibt gar keinen Grund anzunehmen, dass es nicht eines Tages so kommt.

Auf der Türschwelle steht ein Paket. Doppelt so groß wie ein Schuhkarton. Makellos eingeschlagen. Adam hebt es auf. Während Steve die Tür aufschließt, die Kinder über die Schwelle schiebt und selbst eintritt, liest Adam den Absender: *Traueramt.*

Unaufdringliche Schriftart in Grau.

»Was ist?«, fragt Steve hinter der Schwelle, hinter diesem Türausschnitt und Adam ginge am liebsten fort. Mag ihnen dieses Paket ersparen, das von so leichtem Gewicht und annehmbarer Größe ist, und von dem er dennoch weiß, dass es sie erschlagen muss. Kann er nicht fliehen. Kehrtmachen.

»Warum kommst du nicht rein, Papa?«, fragt Micha. Die Angst in der Stimme. Als könne Adam sich tatsächlich umdrehen und verschwinden, als gäbe es nicht Stufen zu überwinden und eine Haustür zu öffnen, tausend Hindernisse, die ihn abbremsen, sodass die Kinder ihm folgen und sich an ihn hängen können.

Es ist unerträglich, dieses Paket vom Traueramt. Es gibt ihnen den Rest. Wäre Adam eine jener Figuren aus Michas Comics, würde das Paket ihm wohl die Arme lang bis auf die Fußmatte ziehen und ihm die Finger breitquetschen.

Sie stellen es auf den Küchentisch. Umringen es vorsichtig wie einen unberechenbaren Feind. Die Uhr tickt dazu völligen Unsinn. Sie sagen nichts, bis das Kaffeewasser kocht. Dann öffnen sie das Paket, schlagen das braune Papier auseinander, fördern eine Box zutage. Vanillefarben, angenehme Oberflächenstruktur. In zarter, schräg geneigter Schreibschrift ist darauf zu lesen

Erinnerungen an
dann ein Doppelpunkt :
darunter wiederum eine gestrichelte Linie __ __ __

Die man füllen soll. Mit einem Namen. Und die Box gilt es ebenfalls zu füllen. Mit Erinnerungsstücken.

Adam findet seine Stimme nicht. Also liest Steve den beiliegenden Brief vor:

»Denn auch nach diesem schweren Verlust gilt es einen Blick in die Zukunft zu richten. Es kann helfen, sich von Sachen zu trennen. Es kann helfen, sich die besonders kostbaren Momente zu visualisieren und einen Gegenstand auszuwählen, der diese an sich bindet. Schaffen Sie ein wenig Platz in Ihrem Haus der Trauer. Lösen Sie sich von Dingen. Entscheiden Sie sich für einen konzentrierten Kummer. Das möchten wir Ihnen ans Herz legen.

Ihr Trauerbegleiter B. Ginster«

Erster Bericht

Ich habe den Fall der Familie Mohn, wohnhaft Güldene Kammer Numero 14, drittes OG *links, von meinem Kollegen übernommen und melde Verspätung an. Der Kollege war krank, und sein Büro ist ein Saustall. Wir haben die ausstehenden Fälle nach Datum und Auffälligkeiten sortiert. Über einen Zeitraum von drei Wochen finden sich fünf Beschwerden, die beim Traueramt eingegangen sind. Allesamt beziehen sich auf den Fall Mohn mit der Aktennummer* XC35–74. *Die Beschwerden legen den Verdacht nahe, es handele sich hier um verschleppte Trauerarbeit. Und lassen Sie es mich so sagen: Die Beweislast ist erdrückend. Am heutigen Tag habe ich der Familie Mohn die erste Aufforderung zur Verarbeitung zukommen lassen, Standardversion.*

Gezeichnet
B. Ginster

9.

Ginster ist die ganze Zeit da. Schon eine ganze Weile da gewesen. Sie haben ihn nur nicht bemerkt. Wohl eine Art Vakuum gespürt, das entsteht, wenn sich ein Mensch für etwas hält, was niemals jemand anderes in ihm wird sehen können. Wenn die Selbstwahrnehmung weit über das hinauswächst, was gegeben ist. Wenn die Selbsteinschätzung der Realität entweicht und nur noch durch sich selbst genährt wird. Wenn Gespräche mit dem Spiegelbild normaler werden als Gespräche mit anderen. Wenn Gespräche mit anderen auf unterschiedlichen Fahrspuren unterwegs sind. Es mag hierfür Gründe geben. Vielleicht gibt es keine. Aber in diesem Vakuum gedeihen wohl mitunter Psychopathen, Serienmörder, Amokläufer, Terroristen, am häufigsten aber einfach die Einsamen der Einsamen.

Und das spüren die Mohns. Ein Schauer überläuft sie. Sie horchen auf und blicken sich um, hier und da. Aber noch lange entdecken sie Ginster nicht, der in seinem schlichten Hemd und seinen schmalen Hosen in ihrer Nähe steht und sie beobachtet, mit seinem länglich harten, irgendwie ängstlichen Gesicht. Kann sein, sie blicken alle gleichzeitig auf, wenn er scheinbar zufällig durch ihre Straße schlendert. Manchmal entkräftet sie eine seltsame Ahnung, ein leichter Schwindel. Dann sitzt Ginster in der Straßenbahn wenige Sitzreihen hinter ihnen. Geht ihnen nach. Beobachtet sie beim Bäcker. Streicht durch die Schulgänge, wenn die Kinder Unterricht haben. Besieht sich Michas Porträt, das gut gelungene. Schaut durch das Flurfenster auf die Prügelei, der sich Linne hingibt. Zählt die Treffer auf ihren Leib. Zählt die Treffer, die sie erzielt. Und nachts wartet er unter Adams Fenster. Drei Stockwerke unter seinem Zimmer. Den hageren Schädel an die warme Mauer gelehnt lauscht er, hört die Mäuse in den Wänden rumoren. Schnelles Getrappel von Zimmer zu Zimmer, verborgen in der Wand, als gäbe es eine Rennstrecke hinter Tapete und sandigem Putz. Als würden die Nagetiere Albträume von einem zum anderen tragen.

Und Ginster macht sich Notizen. Hat einen schmalen Ringblock bei sich und in der Hosentasche kleingeschnitzte Bleistifte. Ein ganzes Dutzend. So wie bei anderen Leuten Münzgeld in den Hosentaschen klimpert, trägt Ginster die kurzen

Bleistifte mit sich, die sich im Notat anderer Leben bereits verbraucht haben.

10.

Jetzt liegen sie wach. Ginster hat die Schlaflosigkeit in ihr Leben gebracht. Er wartet unter ihrem Fenster und denkt an sie, und sie wissen nichts von ihm und können doch nicht schlafen. Sie verstehen die Aufforderung des Schreibens, die Funktion des Pakets und es ist ihnen eng ums Herz. Anderen scheint ihre Trauer also unmäßig. Aber sie begreifen nicht, worin ihre Verfehlung besteht.

Sie öffnen die Fenster und hoffen auf ein wenig Abkühlung, die aber erst in den frühen, den allerersten Morgenstunden kommen wird. Bis dahin ist die Nacht stickig. Das Mondlicht teilt die Welt in silbergraue Streifen, Flächen, schwarze Schatten. Sie liegen und strampeln sich die Laken von den Beinen.

Micha windet sich. Seine Augen brennen vor Müdigkeit und Tränen, aber seine Gedanken sind rastlos. Eilig durchmisst er die Erinnerungen an seine Mutter. Die einzigartigen. Die alltäglichen.

Sind sie alle noch da. Hat er keine vergessen. Immer diese Sorge, das Wichtige oder das Unwichtige zu vergessen und damit versagt zu haben. Warum fordern andere ihn auf, sich zu einer Erinnerung zu bekennen. Eine als die beste zu bewerten, welche es zu konservieren gilt und die anderen nach und nach aufzugeben. Er will nicht weniger trauern. Er will nicht aufhören zu trauern. Wo doch Trauer die Verbindung zu ihr ist. Dahinter ist alles leer.

Entnervt springt er aus dem Bett. Linne liegt auch noch wach.

»Das können die doch nicht machen«, sagt er.

»Alle machen alles«, sagt Linne.

»Wie kannst du da so ruhig bleiben?«, schnaubt Micha.

Da bedeutet ihm Linne, den Mund zu halten. Sie setzt sich auf. Einen Augenblick lauschen sie beide in das Zimmer hinein. Micha hört nichts.

»Ich höre nichts«, sagt er.

»Die Schmidt«, flüstert Linne.

Es ist das Geräusch, wenn die Schmidt dort unten in ihrer Wohnung ein Glas an die Wand legt, um Linne und ihre Familie zu belauschen. Es kommt gelegentlich vor. Und Linne hört dieses Geräusch. Ein haarhelles *Ping*. Fein und hohl, das Linne aber dennoch in die Glieder fährt, ganz gleich, womit sie sonst gerade beschäftigt ist.

Die Wände des alten Hauses leiten gut. Mitunter so klar, als säße man beieinander. Als habe es weiche und durchlässige Stellen, Rohrleitungen, die freigebissenen Mäusegänge. Die Stimmen der Nachbarn schwingen von oben nach unten und umgekehrt, von links nach rechts und wieder zurück. Sie kommen aus den Toiletten. Sie flüstern neben den Sesseln. Die Wände machen alles nah und alles klein. Sie schützen die Mohns nicht. Sie verraten sie unablässig.

Linne kann hören, wie das Glas über die Wand geschoben wird. Der Rand an den Spelzen der Raufasertapete entlangschrappt. Es ist ekelhaft zu wissen, wie die Schmidt horcht und sich ihren heimlichen Reim auf Wortfetzen und Geräusche zaubern wird.

Linne legt den Mund an die Wand. Die Tapete ist uralt. Samtgelbe Erhebungen, die seltsame Ornamente beschreiben. Wenn man sie mit der Zunge anleckt, kribbelt es. Linne legt die Hände links und rechts um den Mund wie einen Trichter und dröhnt unheilvoll in die Wand hinein: »Brüste! Brüste! Brüste! Groß wie Turnhallen! Weich wie Hefeteig! Milchduftend! Lustspendend!«

»Was du alles weißt, wo du doch gar keine hast«, wispert Micha. Sie kichern ein bisschen, pressen die Ohren an die Wand in dem Wissen, dass die

Schmidt unter ihnen nach kurzem Schreck das Glas wiederum an ihre Wand legt. So sind sie verbunden in der Scham, umeinander zu wissen. Die lauernde Schmidt und sie sind eigentlich gar nicht mehr getrennt durch eine Decke, sondern atmen über- und untereinander, und zwischen ihnen gibt es nichts als Argwohn.

Micha und Linne bleiben lange wach. Sitzen nebeneinander auf ihrem Bett. Schauen der Nacht zu, wie sie geht. Sehen dem Tag zu, wie er kommt. Sie bleiben wach, geeint in der Furcht, im Schlaf könnten ihre Erinnerungen auf die Größe einer Mango schrumpfen, die sie in den Karton packen und zum Traueramt schicken müssten.

»Wo liegt eigentlich dieses blöde Traueramt?«, murmelt Micha, bevor ihm die Augen zufallen.

»Stadtteil Arschlochhausen«, sagt Linne. »Letzte Haltestelle Geht-euch-nichts-an-Platz. Haltet-die-Fresse-Straße 1.«

II.

Schon früh sind die Vögel in den Straßen laut. Die Wochenmarkthändler bauen ihre Stände auf. Eisenstangen werden abgeladen, ineinandergefügt, kratzen über den Asphalt. Die Händler sind wach genug, um miteinander zu scherzen. Die Geräusche der Stadt schrauben sich unermüdlich höher.

Adam fordert alle auf, ihn zum Markt zu begleiten. Niemand sehnt sich danach, aber es soll getan sein. Sie schlendern nicht. Sie flanieren nicht. Sie huschen nicht. Sie laufen auf der Stelle, und die Stände ziehen klapprig wie auf einem von Hand gekurbelten Fließband an ihnen vorüber. Es könnte auch die ganze Welt an ihnen vorbeigezogen werden, sie wären nicht weniger teilnahmslos. Nur diese Blicke der anderen.

Dann treffen sie auf den Richter. Der kann ein kummervolles Gesicht. Vielleicht vor dem Spiegel geübt. Der Richter zeigt sein Gesicht herum. Seht, ich bin voller Anteilnahme. Seht, ich kann alles um mich herum vergessen. Jetzt bin ich ganz bei dieser Familie in Trauer und zeige ihnen, dass ich mitfühle. Mit ihnen dem Verlust nachspüren kann. Die Frau gegangen. Die Mutter fort. Wie hieß sie noch mal. Johanne. Johanne mit den schönen Beinen. Eine Schande. Wo die eigene Frau doch all diese Krampfadern hat. Ich muss schon sagen, die Bärlauchpastete vom Bio-Rudi letzte Woche war super. Wo waren wir? Ach ja, der Verlust.

»Es ist ein Jammer«, jammert der Richter. »Ein Jammer.«

Sie haben sich Getränke gekauft, die versprechen, spritzig zu sein und erfrischend. Unter den orangerot gestreiften Schirmen hängt die Hitze, und sie schwitzen wie verrückt. In Linnes Glas treibt ein welkes Blatt Minze. Micha lutscht an einer Zitronenschale.

»Es ist nicht leicht, wenn die Mutter geht«, setzt die Frau des Richters hinzu.

Sie isst ein Fischbrötchen, während sie ihr Mitleid bekundet. Brotkrumen regnen. Es riecht nach warmer Mayonnaise.

Aus Adam steigt ein Knurren auf. So eine unterschwellige Energie. Eigentlich nicht hörbar. Aber Linne hört oder spürt es, sie nimmt es wahr und ist elektrisiert. Ist das nur ein Vorbote.

Die Frau und der Richter merken nichts. Sie sind durchweg mit sich beschäftigt.

»Linne«, sagt der Richter. »Was für eine sportliche junge Dame du geworden bist. Deine Mutter hat sich ja immer Sorgen um dich gemacht. Aber wie ich sehe, hast du das gleiche Paar Beine wie sie.«

Er lacht. Linne lacht nicht. Aber der Kommentar dringt unaufhaltsam in ihr Selbst, wie eine eklige Zutat in eine reine Speise.

Adam sieht den Ausdruck auf Linnes Gesicht. Eine unangenehme Ahnung, die das vermeintliche Kompliment ihr aufbürdet. Und das macht Adam jetzt so richtig wütend. Er wünschte, sie hätten einen inneren Reißwolf, sodass schäbige Bemerkungen nicht eindringen könnten, sondern gleich zu Beginn, bevor sie Hirn und Herz erreichten, in Streifen geschreddert würden. Was sich die Leute nur herausnehmen. Sie als Familie sind ein zerbrochenes Gefüge. Und die anderen stellen Fragen und kommentieren. Suchen sich aus, wie sie mit ihnen umspringen. Bohren in ihren Wunden. Wissen alles besser und nur, weil die noch ganz sind. Noch unbelehrt vom Tod. Sie sind beschränkt, dumm, hässlich, alt, aber vor allem ganz. Vollständig. Vollzählig.

Während Adam und die Kinder geborsten sind

und immer weiter bersten, in immer mehr Einzelteile zu zerbrechen drohen, bis sie nicht mehr sind als der Staub in ihren Regalen und auf den Buchrücken, nicht mehr als die krümelige Erde in der Fußmatte, nicht aufschlussreicher als die graue Asche in der Urne.

Und da durchschießt Adam das Wissen, dass sie einen Schild brauchen. Einen Schild, der sie vor den anderen schützen wird.

»Ihre Frau, eure Mutter. Ach. Sie war ja so ein wunderbarer Mensch«, sagt die Richtersgattin.

»Ach Quatsch!«, fährt Adam sie da an. Die Richtersgattin zuckt zurück. »Sie haben ja keine Ahnung. Sie hat uns allen was vorgemacht. Ihnen, mir, uns allen. Vorgemacht, verstehen Sie?«

Die letzten Worte brüllt er fast. Was für ein Donner.

Keiner versteht. Aber alle sind ganz Ohr, und Adam hat das Gefühl, der ganze Markt hört zu. Da geht kein Gemüse mehr über den Tisch. Kein Geld wird gewechselt. Die Äpfel schweben über der Tüte. Die Eier bleiben in den Hühnern. Bestellungen verharren auf den Zungen. Aller Blickkontakt ist aufgekündigt. Jeder schaut zu Adam. Aus allen Winkeln richten sich die Augenpaare zu den orangeroten Schirmen des Limonadenverkäufers, der aufgehört hat, Zitronen auszupressen und Eiswürfel zu verteilen. Alles, alles schaut und atmet nicht, und in die brütende Hitze und Stille hinein wiederholt Adam: »Sie hat ein Doppelleben geführt. Unfassbar. Es ist einfach unfassbar.«

Ja. Unfassbar.

Steve weiß natürlich, das ist gelogen. Wissen auch Linne und Micha. Umso größer ihre Begeisterung, denn sie ahnen, was Adam da für sie erschafft. Linnes Bewunderung für den Vater ist erstmals wieder da. Ist lange fortgewesen. Hat sich ausgeschlichen, weil man irgendwann den Helden im Vater nicht mehr sehen kann. Eine unumkehrbare Veränderung, gegen die sie machtlos gewesen ist. Und jetzt erfindet er diesen herrlichen Unsinn.

Er ist der Größte.

12.

Im Wohnzimmer sitzen sie beisammen und schließen einen Pakt. Umgeben von Bücherregalen, zum Bersten gefüllt mit Kunstbänden, Atlanten, Fotobüchern, brüchig gewordenen Nachschlagewerken.

Inmitten dieser Regale ist eine Vitrine unverrückbar eingepasst. Schmal und geduckt, als geniere sie sich ihres dürftigen Inhalts zwischen allen Werken. Denn hinter Glas sind lediglich die Tagebücher der Mutter. Einige mit schwarzem Einband. Andere bunt, mit Blumen, mit Mustern. Geduldig warten sie auf ihren Verzehr. Die Vitrine suchen die Mohns auf, wie andere ihre Speisekammern. Welches essen wir heute. Ein Griff. Ein schwerer Gang zurück in die Küche.

Adam traf einmal seine Frau dabei an, wie sie einen Karton bereitgestellt die Tagebücher wegpacken wollte.

»Was tust du«, hatte er gefragt.

»Ich räume auf«, sagte sie.

»Nein, du räumst dich weg«, empörte er sich.

»Ja stört denn das«, fragte sie, durch ihn hindurch und zu einer Ewigkeit hin, in der sie irgendwann zu einer Erinnerung würde gerinnen müssen.

Adam trat gegen den Karton. Dann räumte er sämtliche Tagebücher wieder aus und stellte sie zurück in die Vitrine. Verschloss die Vitrine. Ermahnte anschließend seine Frau mit dieser ernsten großen Liebe: »Solange ich da bin, bleiben die Bücher hier.«

»Und wenn ich fort sein sollte?«

Er hatte die Arme hängen lassen, und sie hatte nachgedacht.

»Du musst sie verschwinden lassen. Und niemand darf sie lesen.«

Er nickte. Aber sie wollte seine Hand darauf. Also, ein fester Händedruck. Räuspern auf beiden Seiten. Und dann nahmen sie einander doch in die Arme. Sogen den Geruch des andern auf. Den Geruch nach Büchern, nach gekochtem Essen, nach Wäsche, die in einem harzigen Schrank lagert, nach der Seife, die er aus dem Hotel mitgebracht hatte. Sie rochen einander so gern. Sie hielten einander so gern.

Nun hängt das Johanne gegebene Versprechen im Raum. Aber es ist keine Last mehr. Eher ein wohltuender Schutzmantel. Die Tagebücher schauen Adam und den Kindern zu, wie sie sich um den Couchtisch versammeln. Notizblöcke hervorkramen und Stifte.

»Wir erfinden eine Erinnerung für die, die nach uns kommen. Enkelkinder. Kindeskinder von Kindeskindern. Sollen die auf uns zurückschauen und das hier sehen?«

Linne sieht sich selbst, wie sie neben Micha auf dem Sofa hockt. Angespannt und verklemmt wie zu Termin. Steve und Adam links und rechts. Und würde dieser Moment nun aufgenommen, ein Foto geschossen, in einer Kiste aufbewahrt, in ein Album geklebt und über Jahre hinweg in Schränken oder auf Dachböden, in Kisten und Kellern gelagert werden, bis es jemand finden und betrachten würde. Tot wären sie dann wohl längst. Oder sehr alt. Und sie selbst, Linne, wäre vielleicht eine Oma von Enkelkindern. Gebrechlich. Und auf dem staubigen Dachboden hielte also ein Enkelkind oder Ururenkelkind dieses Bild in der Hand und erkennte Oma Linne darauf. Was würde es sagen?

»Oma Linne sitzt da, als hätte sie einen Stock im Arsch!«, gellt die Enkelkindstimme aus der Zukunft bis zu Linne, und die steht sofort erschrocken auf, ballt die Fäuste. Es schwingt in ihr, es dröhnt in ihnen allen.

Was von einem übrig bleibt, kann nicht laut genug von der Fülle erzählen, die man gegeben hat. Es hat ein großes Gefühl gegeben. Und groß soll es bleiben. Da ist es unerheblich, ob die Erinnerung mit der Vergangenheit übereinstimmt. Es gilt, die Erinnerung in Staunen zu versetzen.

Doch wie das Vorhaben angehen? Wie fabuliert man ein Leben. Wie erfindet man ein Geheimnis, das es noch nicht gibt? Und darf man dazu Wein trinken, Limonade, darf geraucht werden, gelacht? Wo sie doch ein Komplott planen, eine Verschwörung gegen die eigene Vergangenheit. Oder brauchen sie gedämpftes Licht. Müssen sie nicht den Schutz einer Höhle suchen, eines Kinderzeltes aus Laken und Decken, in dem allmählich die Wärme gleich den Ideen anlaufen wird. Aber vielleicht ist auch der Tisch Ort genug, um sich die Frage zu stellen, wie ein Familiengeheimnis entsteht.

»Durch Zufall«, sagt Steve.

»Durch Schuld«, sagt Linne.

»Mithilfe der Götter«, sagt Micha.

Sie sind Variationen des gleichen Motivs. Eine perlende, eine rhythmische, eine mit Bass. Und Adam ist Hüter des Urknalls und aller trudelnden Sterne, die ihre Umlaufbahn noch nicht kennen.

»Wusstet ihr, dass, wenn man seinen Radiosender verstellt, zwischen all den Knackgeräuschen immer noch ein Echo des Urknalls zu hören ist?«

»Wusstet ihr, dass Elefanten ihr Leben lang wachsen?«

»Wusstet ihr, dass Schmetterlinge an ihrem Ding ein Auge haben, damit sie sehen, was sie damit machen?«

»Du bist so eklig.«

»Das hatten wir in Bio.«

»Wusstet ihr, dass …«

Erste Ideen also. Nachschlagewerke werden zum Tisch geschleppt. Reiseführer stapeln sich. Wassergläser. Weingläser. Butterbrote. Das Licht ihrer Wohnung leuchtet auf die dunkle Straße. Ihre Geschäftigkeit ist für jedermann zu sehen. Die übrigen Straßenzüge liegen längst schwarz. Hier und da das bläuliche Flackern eines Bildschirms, der Stunde um Stunde läuft und Gesellschaft gibt.

Ginster harrt unter ihrem Fenster aus und reckt vergebens den Hals, malt sich Notizen und kratzt sich am Kopf. Es geht etwas vor.

Trauerbegleiter zu sein wird schwieriger. Die Leute haben merkwürdige Ideen von Begräbnissen. Von Rockbands während der Gedenkfeiern, von Videos, die sie von den toten Körpern drehen und tonnenweise Glitter darüber ausschütten. Zwar virtuellen Glitter, aber doch Glitter. Trauerbeamter zu sein bedeutet vor allem, die Dinge im Fluss zu halten. Verschleppte Trauerarbeit wieder in Gang zu setzen. Wer beim Trauern auffällt, richtet gesellschaftlichen Schaden an. Es macht Ärger, wenn einer seine Arbeit aufgibt, wie Adam es getan hat. Wenn Studenten ein Semester aussetzen wie Steve. Wenn Kinder aus der Reihe tanzen wie diese Kinder.

Die Mohns sind in ihrer ganzen Art untragbar. Sie wecken ein Gefühl in ihm, das er nicht versteht. Neugier ist dabei. Abscheu. Und noch etwas anderes. Er kommt nur nicht darauf, was es ist. So verbringt Ginster wohl die halbe Nacht unter dem Fenster und lauscht auf das gedämpfte Lachen. Notiert sich hier und da ein Wort und verschmilzt so wunderbar mit der Mauer in seinem Rücken, dass sich niemand über ihn wundert.

Micha schläft irgendwann ein. Die erhitzte Wange auf der Tischplatte. Morgen wird vielleicht wieder verworfen worden sein, was ihnen eben noch glühend und neu erschien. Jetzt aber nehmen sie ihre Geschäftigkeit mit in ihre Träume. Steve trägt Micha ins Bett. Streift ihm die Schuhe ab. Deckt ihn zu. Linne folgt freiwillig. Alle Farbe ist ihrer Haut entwichen, aber sie lächelt und das passiert ihr selten.

Adam räumt Gläser auf und fort. Stapelt und

löscht das Licht. Erst im Bett fällt ihm ein, dass er versäumt hat, eine Tagebuchseite zu essen. Er steht noch einmal auf. Geht barfuß durch das Wohnzimmer. Schließt im Schein der Straßenbeleuchtung die Vitrine auf, zieht eines der Notizbücher hervor, trennt eine Seite heraus, setzt sich auf die Fensterbank und isst sie langsam.

Heute schmeckt sie ihm besonders gut.

13.

Die Dinge haben nicht aufgehört, sich zu zerstören. Die Gastherme funktioniert nicht mehr. Es gibt kein warmes Wasser. Sämtliche Uhren haben ihren Dienst aufgekündigt. Ob sie es sich bei der Küchenuhr abgeschaut haben. Die Mohns behelfen sich oft mit einem Blick auf die Straße, beobachten die Geschäftigkeit und das Vorgehen hinter anderen Fenstern und schätzen so die Stunde. Es macht ihnen nichts aus.

Am Morgen liegt nur eine flüchtige Kühle im Tagesanbruch. Der Himmel ist bereits ausgeblichen von der Sonne. Die Stadt schläft noch. Nachts hat sie gefeiert und gelebt. Steve musste zuhören. Hat Lachen vernommen und Musik. An- und abschwellende Gespräche. Biergeruch war in sein Zimmer geweht. Zigarettenwolken. Und er war festgeklebt in seinem Bett. Die Hitze schält die Tapete von den Wänden. Aber jetzt ist es ruhig in den Gassen, und Steve fällt der Wagen ein. Da will er ihn suchen gehen.

Zuerst rätselt er noch. Was war das für ein Wagen. Es ist Johannes Auto mehr gewesen als Adams. Selten ist sie es gefahren, aber dafür gern. Welche Farbe, Marke. Es gelingt ihm keine Erinnerung. Trotzdem muss er ihn finden. Es ist nicht leicht. Und es gibt Ablenkung.

Sind das nicht Möwenschreie? Hält sich womöglich einer die Küstentiere hier in der Stadt? Eingesperrt in einen engen Käfig. Gequält in einem Hinterhof. Aber er kann seinen Augen nicht trauen und wohl ebenso wenig seinen Ohren. Er zwingt sich, die Möwenrufe zu überhören. Aber den Mann, der im Stadtbrunnen seine Angel ausgeworfen hat, den kann er nicht ignorieren.

Der Mann trägt gummierte Hosen bis zur Brust. Er hebt den Blick und grüßt Steve. Und Steve kann nicht anders. Sofort ist er freundlich und verbindlich wie immer. Ein Fluch. »Beißen sie früh?«, fragt er und hasst sich dafür.

»Hecht«, antwortet der Angler. »Hecht beißt früh.«

Ein schmaler Wasserfontänenstrahl begießt ihn unablässig. »Angelst du auch?«, fragt der Mann.

»Nein«, sagt Steve.

»Morgens kriechen die Aale über die Wiesen als wären es Schlangen. Mit der Hand könntest du sie fangen.«

»Ich suche nur ein Auto«, sagt Steve jetzt doch hastig. Schnell geht er weiter. Biegt in die nächste Straße. Dort steht nur ein einziger Wagen. Schilder künden Bauarbeiten an. Das Datum benennt den heutigen Tag. Steve weiß sofort, der vergessene Wagen ist Johannes.

Er tritt heran. Die Farbe ist nicht mehr zu erkennen. Der Lack mit klebrigen Pollen bedeckt, mit Blättern, mit Vogelkot. Ob sich die Tür überhaupt öffnen lässt. Steve zögert und sieht sich um. Die Straße menschenleer. Auch der Angler im Brunnen ist fort. Höchstwahrscheinlich nie da gewesen.

Steve legt die Hand an den Türgriff, zieht. Es gibt Widerstand, aber dann geht die Tür tatsächlich auf. Abgestandene Luft schlägt ihm entgegen und darin ein unverkennbarer Geruch nach Johanne, als stiege sie selbst aus, ginge an ihm vorbei, streifte ihn. Steve lähmt es den ganzen Leib. Ganz erschlagen ist er von diesem unerwarteten Empfinden. Dieses plötzlich Vertraute. Und fast ist er froh, als der Eindruck sich verflüchtigt.

Er klappt den Kopf nach vorn, macht den Rücken rund und kriecht in das Innere des Wagens. Dämmerung umfängt ihn. Die verklebten Scheiben halten das Licht ab. Steve kann nicht hinausschauen. Niemand sieht herein.

Er legt die Hände auf das Lenkrad. Nichts rührt

ihn mehr, als dieser kleine Raum aus Funktion und Lederimitat. Jederzeit hätte der Wagen Johanne von ihnen forttragen können. Hat sie jemals mit dem Hier gehadert und daran gedacht.

Steve steckt den Zündschlüssel ins Schloss und dreht ihn. Das Radio bleibt stumm, aber das Navigationssystem springt an. Steve sucht nach Adressen, die sie möglicherweise eingetragen hat. Aber die Liste ist leer.

Steve legt die Hände auf das Lenkrad und weint, bis die Erde zu beben beginnt. Ein Knirschen und ein Ruck, der durch die Karosserie fährt. Steve schaukelt herum. Entdeckt jetzt erst eine Papiertüte im Fußraum des Beifahrersitzes. Eine Papiertüte aus einem Schreibwarenhandel. Er nimmt sie an sich. Umfasst sie. Schaut im bereits schwankenden Wagen hinein und stößt einen Schrei aus. Vor Glück. Ein seltsames Glück, aber Glück! Er lacht. Da legen sich Schatten über den Wagen. Gestalten formen sich. Engel, hofft Steve. Teufel wahrscheinlich. Er muss weinen und lachen zugleich. Die Tür geht auf, er wird gefunden.

Die Bauarbeiter sind nicht ganz sicher, in welcher Verfassung Steve ist. Jedenfalls bringt er kein vernünftiges Wort heraus. Vielleicht Drogen. Vielleicht gefährlich. Das Auto muss hier aber weg. Sie zerren den Lachenden heraus ans Licht. Sie legen ihn vor dem Wagen ab, beugen sich über ihn. Die Köpfe im Gegenlicht unkenntlich. Die Lage scheint Steve so vertraut. Ist er wohl als Sternengucker geboren. Hat er nie gefragt. Sie schleifen ihn über den Boden. Schimpfen, wagen verstohlene Tritte.

Aber insgesamt geht es Steve recht gut. Denn er hat sie gefunden. Die kleine Papiertüte im Fußraum des Beifahrersitzes. Vier neue Notizbücher darin. Markiert mit einem Hinweis auf Preisnachlass. Vier Notizbücher.

Die Mutter wollte nicht sterben. Sie wollte nicht fortfahren und sie wollte nicht sterben. Vier neue Notizbücher erzählen etwas anders.

14.

Er hat also die Bücher gerettet, bevor der Wagen abgeschleppt wurde, der nun unter Verwahrung steht, bis die Mohns ihn auslösen kommen. Was sie niemals tun werden. Aber Steve hat die Notizbücher und legt sie auf den Tisch.

»Du siehst komisch aus«, sagt Micha. Weil Steve Blütenreste im Haar trägt und staubig ist.

»Ist das Blut an deiner Lippe?«, fragt Linne. Die Erfahrung hat mit Verletzungen. Die sieht, wie Steve sich eine schmerzende Rippe hält. Wohl einem Tritt geschuldet.

Steve reibt sich die Stirn. In ihm ist so ein schlichter Plan gereift, dass er nicht versteht, warum keiner vor ihm darauf gekommen ist. Sie müssen natürlich die Tagebücher fälschen. So tun, als wären es die von Johanne.

»Wir teilen uns die Jahre«, sagt Steve. Ein Satz, der Adam die Beine wegzieht. Steve erklärt und erklärt. Er sagt, ihrer Fantasie ließen sich jetzt keine Grenzen mehr setzen, und dass man mit Tee die Seiten färben könne. Vorzeitig vergilben lassen.

»Ich will das aber nicht«, sagt Linne laut und die Stimme voller Druck. Ihr Gesicht ist ganz rot.

»Du kannst schreiben, was du willst, Linne.«

»Ich will gar nicht schreiben«, wiederholt sie.

Es entsteht eine Pause, und Steve fällt aus seiner Euphorie heraus und zurück in seine Verzagtheit. Er lässt die Arme hängen. Hilflos fragt er: »Was dachtest denn du?«

»Ich dachte«, sagt Linne und sieht so wütend und verzweifelt aus, dass Adam die Hand nach ihr ausstreckt. Sie aber ausweicht. »Ich dachte, wir nehmen, was weiß ich, wir nehmen ein Foto von ihr und verstecken es in irgendeinem Schmöker in der Bücherei und dann fällt das Bild heraus, wenn jemand sich das Buch ausleiht und liest, und vielleicht steht noch ein Satz hintendrauf. Einer von ihren Sätzen. Oder –«

Sie ringt nach Luft. Und in der Luft nach Worten. Und in den Worten nach einer Idee.

»– oder. Wir nehmen dieses Kleid von ihr, das grüne, und brechen in ein Theater ein oder an das Set eines Films und hängen es zwischen die Kleider irgendeiner Schauspielerin. Und dann probiert die es an und dreht sich vor dem Spiegel. Oder –«

Sie wischt sich mit dem Handrücken über die

Augen und schüttelte die Umarmung ab, die Adam tröstend um sie schließen mag.

»– oder!«, schreit sie fast. »Oder wir fahren zu allen Sehenswürdigkeiten dieser Erde und erfinden eine Eissorte, die wir nach ihr benennen. Eine gottverdammte Eissorte!«

Sie schnauft und hält die Fäuste geballt.

»Wir können nirgendwohin fahren«, sagt Adam. »Wir können nirgendwohin fahren. Linne, Kind, ich verstehe dich.«

»Ich will überhaupt nicht verstanden werden. Das hatten wir doch abgemacht. Keiner versteht irgendwen. Ich will nicht verstanden werden. Ich will auch Mama nicht verstehen.«

»Nein?«

»Nein«, sagt Linne. »Ich will sie zurück.«

Dann macht sie plötzlich *schscht* und alle glauben, sie wolle vielleicht die anderen abschütteln. Die ganze Familie, das Mitgefühl und den Kummer wegbefehlen, und da gehorchen sie brav und etwas ängstlich. Stehen im Affekt still. Aber es ist doch etwas anderes.

Linnes Augen funkeln. Voller Erwartung, etwas ganz Bestimmtes zu hören. Und da ist es wieder. Das helle Ping der Schmidt. Ein Glas an der Wand. Das neugierige, fleischige Schmidt-Ohr, das emsig nach Geräuschen und Worten schnüffelt.

Linne legt einen Finger an die Lippen und bedeutet allen, keinen Schritt mehr zu tun. Denn die knarrenden Dielen können ihre Positionen verraten. Wohin sie sich wenden. Wie viele sie sind. Ihre Absichten verraten. Nein, sie wollen aus dem Hörsystem der Lauschenden verschwinden. Unsichtbar werden. Unauffindbar. Linne macht es vor.

Sie klettert auf eine kleine Kommode. Lässt neben sich noch Platz für Micha. Der folgt ihrer Einladung. Steve ist geschickt und schafft es auf eine schulterhohe Anrichte. Adam nimmt die breite Rückenlehne des Sofas. Und ein bisschen ist es so, als würden sie vor Krokodilen auf Bäume flüchten. Wenn sie nur leise sind, würden sie wohl nicht gefressen.

Sie haben die Zukunft verloren. Es gibt keinen Ort mehr für ihre Träume und ihre Melancholie. Ab diesem Sommer wird ihnen nur noch dieses handfeste Problem zugestanden und alles, was sie tun werden, bleibt für immer auf diesen Verlust zurückzuführen. Keiner fragt, ob sie ein Stigma wollen. Es ist über sie gekommen, und nun, da es sie fiebrig durchdringt, nun wird erwartet, dass sie gewappnet sind, damit klarkommen und sämtliche Ratschläge annehmen, die ihnen ungefragt zugetragen werden.

Aber das können sie nicht. Sie hocken auf Möbeln und bleiben lange still, während sie glauben, entrinnen zu müssen. Während die Schmidt immer verzweifelter nach ihnen tastet. Aber sie nicht findet, und schließlich sehr laut flucht in der Wohnung unter ihnen.

Es braucht keine Absprache und kein geheimes Signal. Sie springen gleichzeitig, als hätten sie nie etwas anderes getan. Als wären sie Zirkusartisten mit der jahrzehntegleichen Nummer. Sie springen in die Luft und fühlen sich, als würden sie schweben. Gemeinsam, für die Spanne eines Moments, bevor sie mit einem gewaltigen Pardauz in der Mitte des Zimmers landen, und die Wucht ihres Aufpralls den Boden derart in Schwingung versetzt, dass es der Schmidt'schen den Kronleuchter von der Zimmerdecke haut.

15.

Micha schreibt in das Notizbuch, bis sein Stift heiser ist. Und der nächste auch. Und der nächste.

Er schreibt, während das hereinfallende Tageslicht seine Streifen erst auf diese, dann auf jene Wände malt. Erst golden, dann blasser, schließlich bläulich und dann nicht mehr.

Irgendwann kommt Linne ins Zimmer. Hat ihr Notizbuch zigfach aus dem Fenster geworfen, es immer erschrocken zurückgeholt, um es kurz darauf wieder hinauszuschleudern. Immer noch mal. Bis Adam sie fragte, ob es ihr nicht langweilig würde, und sie antwortete, nein, es wäre ja jedes Mal ein anderes Fenster.

Jetzt wälzt sie sich im Bett hin und her.

Adam tritt zu Micha, aber der schreibt weiter und erzählt den Seiten. Adam stellt ihm Wasser bereit und Obst. Aber Micha schaut nicht auf und schreibt die Stifte heiser. Sehr glücklich.

Draußen zieht die klare Nacht auf, aber Micha

bleibt an seinem Schreibtisch. Hinter sich die angestrengten Atemzüge Linnes, die ihre Wut mit in den Schlaf gezogen hat und dort mit der Welt ringt.

Micha aber meint, die beruhigende Hand der Mutter auf der Schulter zu spüren, und lässt Johanne in seiner Vorstellung durch das Trümmerfeld der vergangenen Wochen schreiten. Bewehrt sie mit Zauberkraft und Wunderwaffen. Lässt sie Verletzungen heilen, die andere einfach so im Vorübergehen geschlagen haben. Lässt sie aufräumen und zusammensetzen, wo eigentlich nur noch Scherben sind. Sie kämpft und ist Rächerin für die Wunden, die andere ihm unablässig zufügen. Denn hat man ein Herz, ist man schon verloren.

Als nach kurzer Dunkelheit der Morgen ungeduldig zurück an den Himmel drängt, ist Micha der Arm lahm. Also gönnt er seiner Heldin eine kurze Pause. Sie wird sich stärken. Sie wird den Zustand ihrer Waffen kontrollieren. Ihre Rüstung ausbessern und die Leben zählen, die sie noch hat.

Micha weiß gar nicht, welcher Tag heute ist. Er tritt an die heruntergelassene Jalousie und schaut durch die Lamellen hindurch auf die Straße, wo die Autos vielleicht nicht nur Autos sind, sondern riesige Käfer, die sich nur als Autos getarnt haben. Deren Panzer wie echte Karosserien wirken. Bucklig und glänzend. Die sich Parklücken gesucht haben und sich zwischen den anderen Wagen verbergen und hochschrecken, auf und davon, wenn ihnen ein Ordnungsbeamter einen Strafzettel hinter die Fühler zu klemmen versucht.

»Und woran erkennt man diese Käfer?«, würde die Mutter ihn fragen. Nicht, um ihn zu ärgern oder seine Geschichte zu zerstören. Nein. Um sie wasserdicht zu machen.

Micha schließt die Augen.

Es scheint, als wäre er kurz eingeschlafen. Als er die Augen wieder öffnet, hat sich auf der Straße etwas getan. Micha weckt Linne.

Sie mault: »Was denn.«

Er sagt: »Da drüben.«

Sie linsen hinüber zur Bushaltestelle auf der anderen Straßenseite. Dort sitzt ein Mensch, mager und nervös, auf der Bank und wartet. Es ist Ginster.

»Wer ist das?«, fragt Linne. »Kennen wir den?«

»Er ist nicht von hier«, sagt Micha. Sonst wüsste er doch, dass die Bushaltestelle gar nicht echt ist. Nicht wirklich angefahren wird. Lediglich Anlaufstelle für jene mitunter verwirrten Bewohner des Altenheims ist. Weil die ständig fortlaufen wollen und Haltestellen zu ihren Sehnsuchtsorten erklärt haben. Denn von hier aus könnten sie fort. Nicht selten nur mit Bademantel und Schlappen bekleidet, manchmal auch feingemacht, wie für Besuch.

Die großen Ohrringe, die kostbare Halskette angelegt, Lippenstift vielleicht, die Männer Pomade im schütteren Haar. Die Pfleger sammeln sie wieder ein und bringen sie zurück.

Micha freut sich immer, wenn er die Bank besetzt sieht. Die Weggelaufenen scheinen glücklich. Micha staffiert sich dann mit einer Art Bauchladen aus. Getränke, Snacks. Und geht so auf die gegenüberliegende Straßenseite. Bewirtet die Geflüchteten und fragt, was sie zu trinken wünschen. Ob es ein herzhafter oder süßer Imbiss sein darf.

Nun aber sitzt Ginster dort. Wartet auf einen Bus, der nie eintreffen wird. Bekommt bald Gesellschaft von einer Heimbewohnerin, die es schon zu dieser Stunde am Pförtner vorbei hinausgeschafft hat. Sie trägt Schmuck zum Nachthemd. Ginster grüßt höflich, macht Platz auf der Bank und gerät in ein auswegloses Gespräch. Anfangs ist die Unterhaltung frisch. Aber bald wiederholen sich die Fragen. Und wiederholen sich immer wieder. Auch die Reaktionen auf Ginsters knappe Antworten sind immer gleich. Und schon beginnt eine neue Runde. Da gibt es kein Entrinnen, außer vor der Weggelaufenen wegzulaufen.

Ginster wirkt zunehmend erschöpft. Es ist ein heißer Morgen. Micha ist versucht, mit seinem Bauchladen auszurücken. Er beugt sich vor und vergrößert einen Spalt zwischen den Jalousien. Das ist von unten wohl zu sehen. Ginster hebt den Kopf.

Ein bisschen Gesicht meint er da oben zu erkennen. Güldene Kammer Nummer 14. Drittes OG links. Er kennt das Fenster genau. Er ahnt das Gesicht eines der Kinder. Das Mädchen, der Junge. Ein blasses Oval und eine zarte Geste. Eine erhobene Hand. Da geht etwas in Ginster auf. Es lässt sich der Hitze zuschreiben. Der zunehmenden Ermattung. Dem Geplapper der Heimbewohnerin, die mit ihren eigenen Gedanken hartnäckig im Kreis marschiert. Diese zarte Geste von Micha. Wahrscheinlich liegt Mitleid darin. Ginster jedenfalls hebt ebenfalls die Hand und hält die Geste so zaghaft wie das Kind. Als würden sie einander kennen und etwas miteinander teilen wollen. Und wenn es nur Verzweiflung wäre.

Aber dann treten jäh aus dem Schatten des Hauses die Nachbarn. Die Kalsters, die Schmidt. Sie wieseln über die Straße, nehmen Kurs auf Ginster, und ihnen ist anzumerken, dass sie ihn kennen, er sie kennt. Sofort bereut Micha das kurze Vertrauen, das er dem Mann geschenkt hat. Jetzt ist ja ersichtlich, er sitzt gar nicht zufällig dort. Er gehört zu den anderen.

Micha tritt vom Fenster zurück. Ihm entgeht,

wie Ginster einen letzten Blick hinaufwirft. Wie er sich schämt. Obwohl er doch nur seine Arbeit tut. Ist das nicht das, was alle Feinde denken.

Ein Loch Enttäuschung klafft in Micha. Wie zerstört er sich nun vorkommt. Nur das hat es gebraucht, und er zerfällt.

Der da unten ist keiner von den Guten. Wahrscheinlich gibt es die Guten gar nicht mehr. Und wenn es die nicht gibt, dann gibt es auch keine Helden mehr und keine Rächer, und dann kann Micha zusehen, wie er dieses Leben schafft.

Lange harrt er vor seinem Schreibtisch aus und schaut hinunter auf das Notizbuch. Er stupst es an, wie ein Tier, das am Straßenrand verendet liegt. Vielleicht angefahren. Sich dann einen Stock holt, mit dem man das Tier anschieben kann. Ein bisschen Ekel dabei. Auch Neugier, ob das Ding tatsächlich tot ist. Und so stupst man ein bisschen fester, manchmal tritt dann eine Masse aus. Oder es klebt am Boden fest. Oder es ist so totgetrocknet, man könnte es sich auch an die Wand hängen.

Micha starrt auf das Heft, das seine Kindheit aufgefangen hat, seine naive Hoffnung birgt, seine Sehnsucht nach Rettung und Zuwendung. Während er schrieb, war ihm nicht klar, dass es ein Abschied sein würde. Was tun mit diesem Ende aller Vorstellung, sich selbst retten, Unheil abwenden zu können. Ab jetzt für immer zu wissen, dass Zauberei tatsächlich nur Trickserei ist. Und hinter dieses Wissen nicht mehr treten zu können. Keinem Schein mehr erliegen zu können. Nie mehr um die Figuren in einem Buch bangen zu können. Auch beim zweiten Lesen werden sie sterben, ganz gleich, wie langsam oder schnell man liest. Wie oft man das Buch beschworen haben wird, es wird weiter gelitten und gestorben, und man blättert herzverkrampft über die schlimmen Seiten hinweg.

Aber in seinem eigenen Leben kann Micha nichts überspringen. Er muss die bitteren Szenen ertragen und keine seiner Geschichten wird ihm helfen können. Denn dort vor ihm liegt der Rest seiner Kindheit. Liegt in den Zweidritteln des vollgeschriebenen Notizbuches, und er selbst steht wehrlos da.

In der kleinen Truhe bewahrt der Vater sein Handwerkszeug auf. Dies und das. Kleister, Säge, Nägel und Dübel. Micha sucht und findet einen größeren Eimer mit Farbe, dessen festgeklebten Deckel er mit einem Schraubenzieher aufhebelt. Die ehemals weiße Farbe ist ins Gräuliche getreten. Wässrige Schlieren schwimmen darauf. Das reicht Micha nicht. Er sammelt alle Farbreste, die er finden kann, und quetscht die Tuben in den Eimer. Rührt und vermischt, bis ein bräunlicher Brei entsteht. Aber auch das genügt ihm nicht. Er schüttet Rotwein aus einer angebrochenen Flasche dazu, was nicht hilft, aber enorm stinkt. Erst als er Schuhcreme hineinkringelt, ist er mit dem Ergebnis zufrieden. Ein Eimer annähernd schwarzer Farbe. Ein Begräbnis erster Klasse.

Er holt das Notizbuch und lässt es in den Eimer sinken. Er schaut zu, wie es in dem Brei untergeht, gleich einem Riesen im Moor. Dann schließt er den Deckel und drückt ihn fest. Hievt den nun geheimnisvoll beladenen, zum Sarg seiner Kindheit auserkorenen Eimer zurück in die Truhe. Räumt die leergedrückten Farbtuben fort. Wäscht sich Gesicht und Hände. Kriecht in sein Bett und endlich in den Schlaf. Mag sein, wenigstens in seinen Träumen kennt er sich noch aus.

Zweiter Bericht

Bei der Sichtung diverser Abfallprodukte der Familie Mohn wurde der zerstörte Karton des Traueramts gefunden. Es ist also klar: Sie nehmen die Angelegenheit nicht ernst. Ich habe sofort ein entsprechendes Schreiben aufgesetzt, in dem ich zu einem Termin beim Traueramt lade. Das Schreiben habe ich un-

missverständlich formuliert und behalte mir weitere Schritte vor.
Die Nachbarn der Mohns, der ehemalige Arbeitgeber sowie das Schulpersonal sind insgesamt hervorragende Denunzianten. Ich muss jedoch zugeben, dass insbesondere die Nachbarn zu einer recht ausufernden Berichterstattung neigen und ihre Beobachtungen manchmal einen gewissen Realitätsbezug vermissen lassen. Es wird auch auf kriminelle Energien verwiesen. Ich habe da eher keine Bedenken.
Wohl trudelt die Familie einer der Sache angemessenen Verwahrlosung entgegen, ganz wie bei einer Trauerverschleppung vom Typ 2 üblich. Das betrifft sowohl die äußere Erscheinung als auch Ernährungsgewohnheiten, den Umgang mit anderen und die Einhaltung von Strukturen. Was hingegen eindeutig fehlt und durchaus bemerkenswert ist, sind die sonst für den Typ 2 gängigen Fluchtversuche. Weder scheint der Drogen- oder Alkoholkonsum der Familienmitglieder gestiegen, noch unternehmen sie Spontanreisen und Ausflüge. Sie bleiben in ihrer Wohnung, zu der ich mir in absehbarer Zeit noch Zugang verschaffen werde.

In eigener Sache muss ich gestehen, dass mir trotz meiner langen Erfahrung als Trauerbegleiter ein schwerwiegender Fehler unterlaufen ist. Außerhalb der vorgesehenen Strukturen kam es zu einer Art persönlichem Kontakt. Mein unprofessionelles Verhalten habe ich bereits gemeldet und bitte es zu entschuldigen.

Gezeichnet
B. Ginster

16.

Adam nimmt sich vor, nun selbst die Kinder morgens auf den Weg zu bringen. Das kostet ihn Konzentration, gibt es doch immer einen Gedanken, der ihn gefangen nehmen will. Und immerzu mag er sich in den Gesichtern der Kinder verlieren. Und während ihm ihre dunklen Augen unverstehbar scheinen, kommt er umgekehrt seinen Kindern ebenso merkwürdig vor. Sieht er sie überhaupt. Sieht er nur Johanne in ihnen.

Jedenfalls bemüht er sich heute. Deckt den Tisch und schüttelt die Kinder wach. Verschätzt sich in der Zeit und weiß auch nicht mehr, was sie zum Frühstück mögen. Damals haben sie Kakao getrunken. Es wird nicht schaden, es zu versuchen. Und weil er natürlich auch nicht mehr erinnert, wie sie ihren Kakao gern trinken, bereitet er verschiedene Arten vor.

Als Linne und Micha leidlich frisiert und irgendwie gekleidet die Küche betreten und auf ihre Plätze rutschen, reicht Adam kalte Milch mit einigen Löffeln Kakao. Außerdem warme Milch mit haufenweise Kakao. Kakao, der in die zu erwärmende Milch eingerührt wurde. Echten Kakao, den man nur mit Zucker genießen kann und noch so einiges. Der Tisch ist mit Gläsern und Bechern gepflastert. Adam kratzt sich am Kopf.

»Was ist das?«, fragen die Kinder.

»Eine Kakaoverkostung«, sagt Adam. »Hier. Esst Brot dazu.« Und reicht ihnen Toast.

Sie geben sich Mühe, es fachmännisch aussehen zu lassen. Sie schlürfen und rollen den Kakao über die Zunge. Gurgeln damit und nicken weise. Nicken bedächtig. Nicken bescheuert. Lachen viel. Und dabei mögen sie gar keine Milch.

Beinahe haben sie dann doch vergessen, zur Schule zu gehen. Linne und Micha blieben gern daheim. Ihre Beflissenheit hat nachgelassen.

Aber Adam bringt sie zur Tür und schiebt ihnen die Rucksäcke auf die dünnen Schultern. Vertauscht sie allerdings dabei. Micha krümmt sich unter dem Gewicht von Linnes Tasche. Trägt sie Felsbrocken darin. Die Kinder bemerken die Verwechslung, ändern aber nichts daran. Es kümmert sie nicht.

Sie hauchen Adam Küsse auf die Wangen. Fast keine Berührung, nach der er sich doch so schmerzlich sehnt. Sie riechen nach Kakao. Haben sich die Zähne nicht geputzt. Adam hat vergessen, sie daran zu erinnern. Schon sind sie fort. Adam tritt hinaus auf die Fußmatte vor der Wohnungstür, da schwingen sie sich bereits auf das Treppengeländer und sausen mit heiligem Ernst hinab. Das will Adam ihnen eigentlich verboten haben, doch seine Ermahnungen sind erlöschende Sterne im Universum seiner Kinder.

So stellt er sich zuoberst ans Treppengeländer und schaut die Spirale hinab. Sieht ihre Köpfe Runden drehen. Bewundert, dass sie trotz aller Trauer ein Ich haben. Ein Ich, das sie mit der Welt um sie herum eint, wie es nur bei Kindern der Fall ist. Oder sind sie schon Jugendliche. Hat sich das Ich schon herausgelöst. Ist unhandlich geworden wie ein Kühlschrank, den es zu jonglieren gilt. Mal geschmeidig und voller Selbstvertrauen. Dann wiederum gebückt und krank unter der ungewohnten Last. Und dann, bald schon, wird das als groß geglaubte, aber eigentlich geschrumpfte Ich zurückweichen. Wird sich hinter Verpflichtungen verbergen, hinter Aufgaben, Not und Gewohnheiten, einer unendlichen Anzahl von Stunden, Tagen, Jahren. Bis man vergessen hat, dass man vergessen hat und einen wie ein Schlag hier und da eine Erinnerung an das verlorene Ich, allgemein an früher, an die Kindheit ganz plötzlich trifft. Eine Erinnerung, die es nicht mehr ausgehalten hat, vergessen worden zu sein.

Aber wenn das Ich sich immer mehr zurückzieht, wo ist es dann am Ende des Lebens. Wo wartet es auf das Sterben. Schmilzt es womöglich auf einen Kern zusammen. Oder auf die Größe einer Praline, die in schimmerndes Bonbonpapier eingeschlagen in einem Kristallschälchen liegt.

Adam hört, wie unten die Tür schließt und schließt auch die zu ihrer Wohnung. Er geht zum Arbeitstisch. Dort liegt schon alles bereit. Gern möchte er ein paar Seiten des Notizbuches füllen, um ein neues Leben für Johanne zu schneidern. Sich ihr nahe fühlen, indem er sich vorstellt, wie sie handeln, sprechen, schauen würde. Indem er sie Abenteuer bestehen ließe, ihrem ureigensten Wesen Gelegenheit gäbe, zu staunen, zu wagen und zu siegen. Er wünscht es sich sehr.

Aber die Dinge sind immer schon auf Johannes Seite gewesen. Selbst wenn diese sie nicht pflegte oder nicht gebrauchte, selbst wenn die Silbersachen anliefen und die Einmachgläser einstaubten.

Adam hätte also wissen müssen, er vermag sich selbst zu betrügen, aber nicht die Dinge.

Er holt Stifte. Das Papier, die erste Seite machen ihm keine Angst.

Aber gleich läuft der Füller aus und bereitgelegte

Kugelschreiber funktionieren nicht. Adam sucht Bleistifte. Sie sind splittrig, verstopfen den Spitzer. Er besorgt ein Messer, bearbeitet die Bleistifte. Sie werden kurz und immer kürzer, brechen immer wieder ab. Er schneidet sich. Sein Blut tropft auf die Seiten und versickert darin.

Das ist lächerlich, denkt Adam und quetscht sein Blut mit Absicht auf die Seiten. Es löst sich aber auf und ist nie gewesen. Er presst seinen Fingerabdruck darauf. Auch dieser bleibt nicht. Da schneidet er mit dem Messer durch die Seiten. Sticht das Heft mit scharfer Klinge. Aber der Schnitt schließt sich, und gleichwohl er das Messer immer wieder ansetzt, bleibt keine Spur. Das Heft ist unberührbar. Unverfälschbar. Alles, was er wagen möchte, genügt den Seiten nicht.

Eine Weile sitzt er ratlos. Dann schließt er das Heft. Presst es an seine Brust und schlingt die Arme darum und um sich selbst. Und erinnert sich daran, dass er manchmal von Johannes Blicken aufgewacht war. Da hatten sie schlafen wollen, aber ihre Gedanken hatten ihn geweckt. Und wenn sie einander angelächelt hatten und ihm die Frage auf den Lippen lag, warum sie ihn ansehe, war sie ihm zuvorgekommen und hatte gesagt: »Ich kann nichts dafür. Du leuchtest im Dunkeln.«

Adam sitzt weiter auf seinem Stuhl in der kleinen Arbeitsecke des Schlafzimmers. Und es ist gut möglich, dass sich hinter ihm der Raum auflöst. Dass Möbel, Ziegelsteine, Bilder, Schrank und Teppiche, Tapete und Deckenstuck davonstieben und ein schwarzes All zurücklassen, in dem Adam allein mit seiner kleinen Ecke dahintrudelt, in Finsternis entgleitet. Und es wäre einfach gewesen, sich dieser Erlösung hinzugeben. Es wäre einfach gewesen. Aber es hätte Johanne nicht gefallen. Also schaltet er die Lampen an, bis alle Lichter brennen.

17.

Wie trunken laufen Micha und Linne durch die leeren Gänge des Schulgebäudes. Natürlich sind sie zu spät. Für die Klassenarbeit hat Linne außerdem nicht gelernt. Weshalb sie jetzt auch nicht hingeht. Ihre Noten sind im Sinkflug. Es ist ihr egal. Mag sein, der ein oder andere Lehrer ist sogar erleichtert, verspürt eine kleine Genugtuung, dass Linne nicht mehr wie ein Automat abliefert. Ist das gemein? Es ist gemein. Aufmerksam wird registriert, wie oft Linne die Hausaufgaben vergisst. Wie sie bei Tests nicht mehr systematisch und fehlerfrei die Blätter durchgeht, sondern aus dem Fenster schaut. Obwohl es dort absolut nichts zu sehen gibt. Manchmal verstreicht darüber die gesamte Stunde.

In den Pausen hat sich Linne zur Aufsicht der schuleigenen Bücherei eingeschrieben. Um ihre Ruhe zu haben. Die Bücherei befindet sich in einer alten Baracke, die, auf Backsteinen austariert und mit einer Trittleiter begehbar gemacht, am Rand des Pausenhofs steht und dort verrottet. Man hat sie mit Regalen ausgekleidet. Die Regale mit Büchern befüllt. Ein kleiner Handwagen dient dazu, die ausgeliehenen und wieder abgegebenen Bücher vorzusortieren und zurückzuordnen. Bei Linne quillt der Wagen schon seit Wochen über. Sie tut keinen Strich.

Ab und an kommen Leseglückliche, die Geschichten in Büchern lieber mögen als ihre eigenen. Aber auch diese wenigen Gestalten sind Linne schon zu viel. Und auf Fragen, ob sie ein Buch empfehlen kann, antwortet Linne mürrisch, sie könne überhaupt nicht lesen, aber es habe noch keiner gemerkt.

Manchmal macht Linne Kraftübungen. Unterhalb der Decke des Containers verläuft eine Eisenstange. Linne kann sie auf einem Stuhl stehend erreichen und übt Klimmzüge. Irgendwann schafft sie zehn. Außerdem macht sie Liegestütze. Kniebeugen.

Der Container hat ein normales Fenster, das auf den Pausenhof weist. Linne beobachtet oft die Spiele der Jüngeren. Das Schubsen der Älteren.

Auf der Rückseite des Containers gibt es wiederum noch ein kleines, fast blindes Fenster. Zu dem sich Linne schleicht und dort manchmal über Pärchen staunt, die sich in die Ligusterhecke verkriechen, um einander zu erforschen. Heute kommt allerdings kein solches Paar. Heute wird ein Junge von drei anderen herbeigenötigt. Rasch aus Sichtweite und Schutz entführt. Er gleitet auf den bemoosten Steinplatten aus und stürzt. Blutet an der Stirn. Die anderen lachen und hindern ihn daran, wieder auf die Beine zu kommen. Linne sieht alles.

»He, was soll das?«, fragt der Gestürzte.

»Wir prügeln dir jetzt die Scheiße aus dem Leib.«

»Wieso?«

»Wie wieso? Was ist denn das für eine Frage?«

Der erste Tritt. Weitere folgen. Dann ist auch schon Linne da. Wütender als alle Menschen zusammen. Sie ist so wütend, dass sie einen Graben in die Erde rammen und ihre Schule darin versenken könnte. Sie boxt den Größten aus dem Weg. Verteilt Tritte und Kinnhaken. Nimmt sich einen als Stellvertreter und zerrt ihn aus dem Schutz der Sträucher. Kein Verstecken mehr. Es ist gerade Pause und der Hof ist voll mit Schülern. Vor den Augen aller drischt sie auf ihn ein.

Der Junge wehrt sich nicht. Er ist ja nicht dumm. Selbst die ignoranteste Pausenaufsicht wird irgendwann dazwischengehen müssen. Und es wäre ungünstig, dann ausgerechnet Linne – die Linne mit der toten Mutter, diese Linne, ach die – im Schwitzkasten zu haben. Obwohl es Spaß machen würde. Linnes Schläge sind nicht ohne. Mit seinen Unterarmen schützt er seine Zähne, denn gerade erst ist er die feste Spange losgeworden. Drei Jahre hat er sie getragen. Drei Jahre hat die Spange ihn gequält und Zähne, die an völlig unnötigen Stellen wachsen wollten, in Reih und Glied gezwungen. Ginge ihm jetzt einer davon kaputt, seine Mutter würde ihn umbringen. All die Stunden beim Kieferorthopäden. Die langweiligen Sitzungen. Das schlechtgelüftete Wartezimmer. Also hält er sich artig die Arme vor das Gesicht und riskiert Schwinger in den ungeschützten Bauch.

Linne bohrt ihm die Knie in die Seiten und schlägt ihn mit großem Ernst. Mit tiefer Wut. Jeder Schlag ein Kometenschweif ihrer Verzweiflung.

Irgendjemand zerrt sie schließlich von dem Jungen herunter. Kurz glaubt sie, Steve habe sie beim Kragen. Aber es ist nur irgendein Lehrer. Und der bringt sie zum Direktor.

Im Büro des Direktors ist es schwül. Obwohl die Fenster offenstehen. Aber kein Luftzug. Der Rektor ist grau im Gesicht und verschwitzt. Mit einer Zeitung fächelt er sich Luft zu. Auf seinem Schreibtisch liegt ein unförmiger alter Postsack. Grobgewebt. Linne muss sich auf einen Stuhl setzen und kann den Blick nicht mehr von dem Beutel wenden.

Was darin sein mag.

Der Rektor wechselt Worte mit Linnes Vertrauenslehrer, dem sie nicht vertraut. Die Männer werden sich nicht einig. Vielleicht schreien sie einander an. Der Rektor schiebt den Vertrauenslehrer auf den Flur und geht gleich hinterher. Mit finsterem Blick schließt er die Tür des Büros. Bis zum Schluss schaut er dabei Linne an. Ist da nicht auch ein kleines Lächeln. So ein haarfein diabolisches? Noch durch den schmalsten Spalt sieht sie ihn starren.

Dann ist die Tür zu und sie allein. Sie hat zu warten, das ist wohl klar. Ob ihr ein Rauswurf droht oder eine Strafe, macht Linne keine Sorgen. Sie hat nur Augen für den Sack auf dem Tisch.

Das Zimmer ist so stickig. Es hat die Hitze zahlloser Stunden, Tage und Wochen in sich aufgenommen und zu seiner eigenen Temperatur erklärt. Jede Oberfläche ist wärmer als Linnes Körper. Als befände sie sich in einem lebendigen Tier. In einem Organ.

Was ist in dem Beutel, denkt Linne.

Sie spürt einen zunehmenden Druck hinter der Stirn. Wie verrückt pumpt ihr das Blut durch den Kopf.

Was ist in dem Sack. Hat sich der Sack nicht eben bewegt.

Sie muss ihn im Auge behalten. Sie bekommt es mit der Angst. Sie hat Angst vor dem Ding auf dem Tisch. Wenn sie nur wüsste, was darin ist. Wenn sie nur ahnte, was sich vielleicht herauswinden will. Die Welt besteht nur noch aus ihr und dem Ding auf dem Tisch. Die Welt dreht sich nur noch verlangsamt. Und in der Verlangsamung sieht sie, wie sich die Falten und Ausbuchtungen des Beutels verschieben, und sich aus dem Jutesack ein Schlangenleib löst. Der aus seinem Versteck hervorgleitet wie ein endloses Seil. Vom Tisch gleitet, eine Richtung wählt und direkt auf Linne zuschlängelt. Zielsicher und unheilvoll, doch schließlich seltsam desinteressiert an Linne vorbeigleitet, dabei lediglich ihren Fuß streift, um sich dann einen Weg über Stuhl und Fenstersims hinauszusuchen und in den Ästen einer dicht stehenden Birke zu entschwinden.

Linne springt auf. Sie rennt aus dem Büro. Stößt mit dem Rektor zusammen. Der brüllt etwas. Aber sie läuft fort.

18.

Marlenes Telefonnummer auf Steves Arm beginnt sich aufzulösen, obwohl er beim Duschen achtgegeben hat. Obwohl er ein langärmliges Hemd getragen hat, um die Stelle vor den Augen seiner Familie zu schützen. Aber vielleicht hat er die Ziffern nach und nach weggestarrt, denn mitunter tut er kaum etwas anderes, als die Zahlenfolge auf seinem Arm anzustarren, und schaut sie doch eigentlich nicht an, sondern durch sie hindurch, denn jedenfalls hat er sich nicht eine einzige Ziffer bislang eingeprägt. Wie er jetzt erschrocken feststellt.

Hinter der Zahlenfolge hat Marlene die knappe Skizze einer Katze angefügt. Was ihn seltsam rührt. Sie selbst hatten einmal eine Katze besessen. Wobei diese lediglich zur Begrüßung bei allen den Schoß erkundet hatte und danach nie wieder, so als habe es in ihrem Katzenleben nur eine begrenzte Anzahl von Schmuseeinheiten gegeben und diese sei mithin abgelaufen. Ob es das auch im normalen Leben gibt, fragt sich Steve. Ob es auch in seinem Leben nur eine endliche Anzahl von Chancen, Umarmungen und Küssen gibt und dann keine mehr.

Womöglich ist Marlene eine Chance.

Aber für den Moment liegt Steve mit Kopfschmerzen auf hartem Boden. Er ist mit einem Auto zusammengestoßen, sodass sein Körper vom Longboard gehoben und fortgeschleudert wurde wie nichts. Es ist nicht so, als täte ihm alles weh. Oder als könne er sich nicht mehr bewegen. Es ist eher eine große Trägheit, die ihn davon abhält, wieder auf die Beine zu kommen. Voraussetzung ist ja das Wollen.

Als er Ginsters Gesicht über sich sieht, glaubt er zuerst, es handele sich dabei um den Fahrer des Wagens. Aber der ist einfach weitergefahren, und auch Ginster schaut nicht sofort nach Steve. Ginster hat das Unglück wohl gesehen und sich verfluchen mögen, ausgerechnet jetzt hier zu sein. Eine Verwicklung. Und das, nachdem er gerade erst seinen Fehler mit Micha gestanden hat.

Also wartet er erst mal eine Weile, ob nicht jemand anderes helfen kommt. Aber zur heißesten Zeit ist kaum einer in den Straßen unterwegs. Man ist im Schwimmbad. Am See. Im Urlaub oder vor der Sonne ins Innere der Wohnungen geflüchtet.

Niemand kommt vorbei. Niemand hilft. Ginster gerät in die unbequeme Situation, nun selbst helfen zu müssen. Er beugt sich also über Steve, dessen getönte Brille neben ihm liegt. Ein Glas gesplittert.

Ginster weiß nicht, was er tun soll.

Seit Tagen beobachtet er Steve, aber es ist etwas völlig anderes, mit ihm zu reden. Ginster sagt also nichts und ist fast ein bisschen erschrocken, als Steve ihn dann endlich anspricht.

»Ich brauche Hilfe«, sagt Steve.

»Soll ich einen Krankenwagen rufen?«

»Ich weiß nicht. Blute ich?«

Ginster lugt links und rechts ein bisschen an Steves Kopf herum, halb über ihn gebeugt. Nicht zu nah.

»Ich sehe kein Blut«, sagt er schließlich.

»Ein gutes Zeichen.«

»Es könnte auch innere Blutungen geben.«

»Wie beruhigend.«

Ginster wäre jetzt gern woanders. Er schaut sich um, aber außer ihm, niemand hier.

»Kannst du aufstehen?«

»Schon«, sagt Steve. »Aber es geht nicht. Sehen Sie das? Da oben. Das Haus. Es hat ein Gesicht. Ein unfreundliches, grantiges Gesicht. Das lässt mich nicht aufstehen.«

Ginster blickt nach oben. Irritiert. Planlos.

»Sie müssen sich neben mich legen, dann können Sie es sehen«, sagt Steve.

Ginster mag lieber nicht. Tut es aber trotzdem. Geht gottergeben in die Knie, auf die Seite, rutscht rücklings neben Steve. Kleine Steinchen bohren sich in seinen Hinterkopf. Der Asphalt ist warm. Es ist nicht unangenehm zu liegen. Aber ein Gesicht sieht Ginster dennoch nicht.

Steve erklärt es ihm. Die Augenbrauen. Die steile Falte dazwischen. Zornige Fensterladenpupillen und der Rundbogen als herabgezogene Mundwinkel. Zwei Kinder kommen vom Schwimmen, bleiben stehen und sehen es auch. Ginster nicht. Er will nur weg.

»Können Sie jemanden für mich anrufen?«, fragt Steve. Er schiebt seinen Ärmel hinauf und weist auf die verblassende Telefonnummer. Sie rätseln sich durch die Zahlenfolge.

»Sieht aus wie eine Fünf.«

»Ich glaube, es ist eine Zwei.«

»Probieren wir es.«

»Kein Anschluss.«

»Dann doch die Fünf. Und das hier. Eine Sieben oder Neun.«

»Nein, da meldet sich ein Geschäft.«

»Also die Neun.«

Dann geht endlich Marlene ans Telefon. Ginster reicht Steve erschrocken den Apparat.

»Marlene«, sagt Steve. »Ich möchte dich gern

sehen. Ob du mich abholen könntest. Ja. Jetzt wäre prima. Nein. Ich bin nicht zu Hause. Aber ich wäre gern zu Hause.«

Ginster steht auf und klopft sich den Staub von den Hosenbeinen. Steve gibt ihm ein Zeichen, nach dem Straßenschild zu schauen. Ginster liest es ihm vor. Und während er rückwärts die Szene verlässt, bleibt Steve liegen, nun aber auf Marlene wartend. Er wirkt viel ruhiger. Wahrscheinlich geht es ihm gut.

Ginster reibt sich indessen immer wieder das Gesicht. Eine innere Aufregung durchflammt ihn, und er hat das Bedürfnis, etwas zu notieren, aber die kleinen Bleistifte in seiner Hosentasche, seine verlässlichen Begleiter, sind nicht mehr da. Wohl beim Hinlegen an Steves Seite aus der Hose gerutscht. Aber vielleicht, so denkt er jetzt, ist es sogar besser, dass er nichts notieren kann. Denn eigentlich will er sich keine zweite Blöße bei seinem Vorgesetzten geben. Ob es vertretbar ist, den Vorfall zu verschweigen?

Ginster dreht sich um. Er sieht zu dem Haus. Er findet kein Gesicht.

19.

Nach der Schule steht Micha lang am Tor und wartet auf Linne. Die anderen Schüler strömen an ihm vorbei. Getuschel hier und da. Aber das kennt er schon und verbucht es dort, wo er allen Schmerz aufbewahrt. Es fällt ihm jedoch schwer. Wo ist denn sein Mut.

Linne kommt nicht. Irgendwann ist das Schulgebäude hinter ihm leer und still. Der blanke Himmel verhöhnt ihn. Micha macht sich nicht gern allein auf den Nachhauseweg, aber es kommt natürlich vor, dass Linne ihn im Stich lässt. Dann braucht Micha, bis er das große Verzweiflungsgefühl in sich auf ein normales Maß geschrumpft hat. Sodass er wieder überschaubare Entscheidungen treffen kann. Wie etwa, die nächste Straßenbahn heimwärts zu nehmen. Oder erst mal seine Schulbrote aufzuessen. Oder Linne auf dem Friedhof zu suchen.

Aber jetzt kann er sich zu nichts durchringen und entscheidet trotzig und für ihn untypisch, dann eben schwimmen zu gehen.

Der Weg zum Freibad durch das Wohnviertel bietet Schatten. Dabei sind fast alle Pflanzen vertrocknet, und der Sommer nimmt kein Ende. Micha hört das rhythmisch zischende Geräusch der Rasensprenger, aber sonst nichts. Es liegt eine tiefe Ruhe über dem Stadtteil, und das irritiert Micha, fehlen doch die sonst üblichen Schwimmbadgeräusche. Das Kreischen und Rufen. Es ist so still.

Als er den Eingang des Schwimmbads sehen kann, stehen zwei Polizeiwagen davor. Eine Handvoll schwitzender Polizisten samt Netzen, Köchern und Greifzangen unterhalten sich mit dem Schwimmbadbesitzer.

Micha schlägt einen halbherzigen, schlendernden Bogen um sie. Bohrt die Schuhspitzen in den Löwenzahn, der sich überall durch den geborstenen Asphalt schiebt. Aber die Ohren hat er auf das Gespräch ausgerichtet. Während er scheinbar fasziniert Farne, Moos und einen toten Pillendreher betrachtet, kann er ahnen, worum es geht. Eine Schlange im Schwimmbad. Ein Riesenvieh. Mindestens zwei Meter lang. Da war was los im Becken. So einen Tumult und blitzschnelles Räumen der Anlage hat der Bademeister noch nie erlebt.

Micha schreckt die Erzählung keineswegs. Die köstliche Vorstellung, das gesamte Schwimmbad für sich allein zu haben, überwiegt. Er sehnt sich nach einer stillen Wasseroberfläche. Nach diesem einmaligen Gefühl, in ungestörtes Nass zu sinken. Johanne war früher oft mit ihnen ins Freibad gegangen. Alle anderen Kinder waren da wohl im Kindergarten gewesen, die Großen in der Schule, hier aber nur sie und Linne und Micha. Sie hatten sich keinen Platz unter den Bäumen gesucht. Hatten ihre Handtücher gleich über eine Bank am Beckenrand gelegt. Die heißen Steinplatten unter den Füßen. Das Wasser direkt vor der Nase. Bienen umschwirrten die Müllkörbe. Johanne spendierte Eis zum Frühstück.

Das Becken lag still. Schwimmtiere und Luftmatratzen trieben träge dahin. Nachmittags waren sie hart umkämpft, immer vergeben, Micha ging stets leer aus. Aber morgens durfte er frei wählen. Dann gehörte alles ihm. Das Becken war seins. Das Wasser war gezähmt. Die Schwimmtiere gehorchten. Wurde es dann gegen Mittag heiß und füllte sich das Bad, flüchtete Johanne mit ihnen zurück in die Wohnung, hinter die Jalousien, zwischen die Bücher. Die Nachmittage waren herrlich langweilig. Die Augen brannten vom Chlor. Manchmal hatten sie einen leichten Sonnenstich und Kopfschmerzen. Dann las ihnen Johanne vor. Stundenlang.

Micha schlendert am Zaun entlang, bis er außer Sichtweite der Polizisten ist. Hinter einer Biegung findet er das Loch im Zaun. Jeder weiß von diesem Loch. Abends quetschen sich Jugendliche hindurch und gehen heimlich baden. Manchmal lassen sie ihrer Zerstörungswut freien Lauf. Werfen Sonnenliegen in die Becken, versenken die großen Schachfiguren des Außenspiels im Wasser. Könige, Damen und Bauern liegen dann kreuz und quer auf dem Grund. Der Müll dümpelt oben. Dann kann das Bad nicht öffnen, muss erst gereinigt werden. Währenddessen bildet sich eine lange Reihe Wartender vor dem Kassenhäuschen. Kinder quengeln. Mütter seufzen. Jugendliche rempeln einander gelangweilt an. Oft sind unter denen sogar die Täter. Die dann am lautesten stöhnen und gleichzeitig kichern, weil sie so schlechte Schauspieler sind, dass man ihnen am liebsten in den Hintern treten möchte. Warum bemerkt das niemand. Linne und Micha erkennen sie immer.

Heute drängelt und wartet keiner. Die Sichtung einer echten, einer riesigen Schlange hat alle davongeekelt. Keiner will warten. Die Polizisten sind außerdem erfolglos bei ihrer Suche. Man braucht wohl professionelle Hilfe.

Micha schleicht am Rand der Sonnenwiese entlang. Erreicht das Springerbecken seitlich. Vom Eingang ist er nicht zu sehen. Er ist ganz allein und hat keine Angst. Eigentlich will er nur in Ruhe ins Wasser schauen. Mehr will er nicht.

Die Wasseroberfläche steht so still, auch die tiefste Stelle des Beckens kann er sehen. Die schwarze Markierung am Grund. Micha beugt sich vor und horcht, ob ihm das Wasser berichten wird. Aber ihn überkommt eine furchtbare Schwäche. So als wüchsen ihm Ochsenhörner aus den Schläfen, die ihn zu Boden zwingen. Und dieser hohle Klang in seinem Inneren und das ungeheuer ermüdende Begreifen, noch sehr lange dieser Mensch sein zu müssen, dem die Mutter fehlt. Es ist ihm ein Rätsel, wie er das schaffen soll. Es ist ihm ein Rätsel, wie er Stück für Stück in seinem Leben voranmarschieren soll, und jedes Ereignis wird ein Ereignis ohne Johanne sein. Und trotzdem werden die Ereignisse kommen und die Jahre werden sich neigen. Und wahrscheinlich ist es dieser Moment, in dem er die Schlange im Gras hinter dem Becken sieht.

Und möglicherweise ist es dieser Moment, in dem er das Gleichgewicht verliert und ins Wasser stürzt.

Linnes Rucksack, den er trägt, vertauscht noch am Morgen, nichts als Bücher darin, und kein einziges davon hatte er im Unterricht gebrauchen können, wiegt so schwer, dass es Micha sofort auf den Grund des Beckens zieht. Er wehrt sich nicht. Überlegt sogar noch, ob er wirklich die Schlange im Garten gesehen hat. Oder ob es nicht doch vielleicht ein langer Schlauch gewesen ist, den jemand unachtsam neben den Sträuchern hat liegenlassen. Wie seltsam das wohl wäre, hätten sich alle getäuscht, denkt Micha. Rücklings liegt er nun auf den Kacheln im Blau. Seine Arme und Beine umwehen ihn wie Farne. Er schaut nun erstmals von unten gegen die Wasseroberfläche. Wie ein Säugling schaut er hinauf, dem von oben ein freundliches Gesicht begegnen wird. Wie ein Kranker, der aus den fieberverschwitzten Kissen blickend auf Besuch wartet. Wie ein Gestürzter. Wie ein Verwundeter. Wie ein Sterbender. Der Tod wird ein Liegen sein, denkt Micha. Ein Liegen und ein Warten, dass sich jemand zu einem beugt.

Michas Körper hat das verstanden und strampelt sich nicht den Rucksack vom Leib. Er starrt weiter durch das Blau hinauf zu den goldenen Lichtstreifen, dorthin, wo die Oberfläche sich noch leicht bewegt von seinem Fall.

Aber dann wird diese durchstoßen. Springt ein Körper herbei. Taucht mit Kleidung und Schuhen, die Haut milchweiß in diesem Dunkel. Erreicht Micha und reißt ihn hinauf ins Licht, hinauf und zurück. Ob er nun will oder nicht.

20.

Linne rennt und wünscht, sie hätte diese schnellen Räderbeine, die Steve manchmal seinen gezeichneten Figuren gibt. Dann wäre sie schneller quer durch die Straßen, wäre rascher den Hügel zum Friedhof hinauf. Auf der anderen Seite hinunter beim Fluss.

Sie findet Brassert, der mit unsicherem Stand am Ufer wartet. Die Schwäne sind nicht zu sehen.

Zuerst glaubt Linne, sie habe die Tiere womöglich vertrieben. Aber Brasserts Gesicht ist von Traurigkeit derart gezeichnet, er wartet wohl schon länger.

Sie sagen eine Weile nichts. Es ist alles sehr still.

»Hast du was angestellt?«, fragt Brassert schließlich.

»Der Schuldirektor wollte mich umbringen.«

Brassert zieht anerkennend die Augenbrauen hoch.

»Das musst du deinem Vater sagen.«

»Er kann es aber nicht ungeschehen machen.«

»Aber er würde sich Mühe geben.«

»Wo sind denn die Schwäne?«

Brassert seufzt.

»Drei Tage«, sagt er schließlich. »Drei Tage sind sie nicht gekommen. Ich habe Brot dagelassen. Aber es wurde nicht angerührt.«

»Als ginge es den Schwänen um Brot«, sagt Linne.

Beide schauen auf das trübe Wasser. Den trostlosen Ort.

»Der Fluss sieht aus wie immer«, sagt Brassert. »Er sieht aus wie immer. Er stinkt wie immer. Es schwimmt der gleiche Mist drin wie immer. Und sonst hat es sie auch nicht gestört.«

Er lässt den Kopf hängen. Linne würde ihm gern die Hand auf den Arm legen. Traut sich aber nicht.

»Vielleicht musst du das meinem Vater sagen«, flüstert sie. Ein Angebot. Irgendwie.

Brassert wischt sich die Nase am Unterarm ab. Er hat einen halben Laib Brot in der Hand. Der verschwindet fast darin.

»Kennt er sich denn mit Schwänen aus?«

»Nein. Aber er kennt sich auch nicht mit Kindern aus. Oder mit Frauen. Er versteht ziemlich wenig von der Welt. Aber Mama hat immer gesagt, er leuchtet im Dunkeln. Und soweit ich weiß, tun das wenige.«

»Verdammt wenige«, sagt Brassert.

Da entdeckt Linne einen kleinen Ball aus Hartgummi, der in den struppigen Halmen der Böschung hängen geblieben ist. Grün und mit einer Art Leine oder Schnur versehen. Linne geht hin und hebt den Ball auf. Er kommt ihr bekannt vor. Sie hat ihn schon einmal bei irgendwem gesehen. Sie zupft Brassert vorsichtig an der Jacke.

Der seufzt noch einmal mit Blick auf den Fluss, dreht sich dann aber um und geht mit ihr.

21.

Die Wohnung hatte zu Johannes Lebzeiten noch System. Von diesem hat Adam wenig Ahnung, weshalb inzwischen die Wohnung chaotisiert. Aus Schränken und Schubladen quillt, was Johanne dort unterzubringen wusste. Vielleicht der Reihe nach. Oder der Größe. Alles scheint den Prinzipien eines Geduldsspiels unterworfen. Nur eine Lösung ist die richtige, und finden die Narren sie nicht, klaffen die Schränke, klagen die Kommoden, klemmen die Schubfächer. Entrümpeln wäre nun eine Möglichkeit, Luft zwischen die Knochen zu bekommen, aber Adam bringt es nicht übers Herz. Er weiß auch gar nicht wo anfangen.

Auf der Suche nach einem sauberen Handtuch fällt ihm eine rote Decke vor die Füße, und er muss an die Dame mit Hund denken. Er denkt daran, wie sie mit ihrer roten Decke kämpfen muss und probiert selbst aus, wie es sich anfühlt, den Stoff um die Mitte zu schlingen. Aber dann schämt er sich, weil er der Dame mit Hund nicht zugehört hat.

Und da lässt Adam alles stehen und liegen, um sie zu suchen. Er schuldet ihr Geld oder Hundefutter oder Zigaretten. Aber am meisten schuldet er ihr das Zuhören.

Den ganzen Weg zur Haltestelle rennt er. Ist völlig erledigt, als er die Bank schließlich erreicht. Sein Atem pfeift, aber die Dame mit Hund ist gar nicht da.

Er fragt den Straßenbahnfahrer, der sich rauchend die Beine vertritt. Ob er weiß, wo die Dame mit Hund ist.

»Wohl nach Hause gegangen«, sagt der Mann.

Erstaunt bleibt Adam noch nach der Antwort stehen. Dass sie ein Zuhause haben könnte, war ihm nie in den Sinn gekommen. Was glaubt er denn eigentlich? Dass die Obdachlosen aus dem Himmel direkt in ihr Schicksal fallen? Wo doch die Dame mit Hund auch einmal eine Kindheit gehabt haben muss. Erinnerungen, die den seinen ähnlich sein mögen. Und war sie nicht seine Generation, sodass sie eine ähnliche Kindheit verlebt haben, ähnliche Erinnerungen teilen könnten. Das Eis, das man immer gegessen hatte. Die Musik, die im Radio gelaufen war. Sie alle haben doch auf diesen Sofas mit unbequemer Sprungfederung gesessen. Der Polsterbezug hart und borstig, an den Lehnen abgewetzt. Eine Uhr im Hintergrund auf einer Anrichte oder in einem Regal, die sich tickend in die Stille meldete. Zur Viertelstunde einmal, zur halben zweimal, zur vollen eine Tonfolge spielend. Und haben in diesen Stuben nicht Bilder gehangen, die man wunderschön und gruselig gefunden hat. Und Teppiche zu den Füßen gelegen mit verschlungenen Mustern, auf denen Autos entlanggeschoben worden waren. Oder Holzfiguren aus einer Pappschachtel mit einem starken Geruch nach Tabak. Ein Pferdchen. Ein Wolf. Tabakgeruch, der an die Toten erinnerte. Und dann tiefgefrorenes Obst aus der Gefriertruhe. Mit Eiskristallen überzogene Erdbeeren, die auch im Mund nicht aufgetaut waren, ihren Geschmack in der Kälte verborgen hielten und ihn nicht preisgaben, bis man sie zerkaute und hinunterschluckte. Dann erst kam eine Erdbeerahnung ganz hinten auf der Zunge.

Sie alle haben Burgen, Höhlen, Wohnungen und Zelte errichtet. Perfekt und verzaubert. Einladend und gemütlich. Sicher und uneinnehmbar. Die Brennnesseln im Waldstück hatten sie so lange flachgetreten, bis das Grundstück markiert war. Und als Nächstes Baumstämme hinzugerollt als Sitzgelegenheiten, Kochstellen, Schlafstätten. Dieser Drang, sich immer wieder einzurichten, immer wieder Orte zu erobern und bewohnbar zu machen.

Wann ist die Dame mit Hund aus diesen gemeinsamen Erinnerungen herausgetreten. Wann hat sie angefangen, einen Einkaufswagen zu beladen und vor sich herzuschieben. Wann hat sie angefangen, Pappkartons unter einer Brücke aufzustellen. Wann hat sie angefangen zu weinen. Denn als Adam die Brücke am schlammigen Fluss erreicht, findet er sie weinend und völlig aufgelöst.

Sie hat ihre Tüten abgeladen und in einer ordentlichen Reihe nebeneinander aufgestellt. Eine schier endlose Reihe, die irgendwo vor der Brücke beginnt, sich unter der Brücke hindurchzieht und auf der anderen Seite wieder vom Schatten ins helle Licht eine Spur bildet.

Sie durchwühlt Tasche um Tasche. Tut es schnell und geübt. Erreicht sie das Ende, beginnt sie einfach wieder von vorn. Wie lange wohl schon. Sie weint ununterbrochen.

Hinter ihrem Einkaufswagen liegen drei Schwäne und sehen aus, als würden sie die Dame bewachen. Sie zischen argwöhnisch, als Adam sich nähert.

»Was suchen Sie denn?«, fragt er vorsichtig. Behält die Schwäne im Blick.

»Meinen Hund«, sagt sie.

»Sie haben doch gar keinen Hund«, rutscht es Adam heraus.

»Und Sie sind ein riesiges Arschloch«, sagt die Frau.

»Entschuldigung«, sagt Adam. Und nach einer Weile: »Aber Sie sind sicher, dass er hier irgendwo ist?«

Sie nickt und wischt sich die Nase.

»In den Taschen?«, fragt er.

»Selbstverständlich. Er ist klein. Kaum größer als ein Ball. Ein geflecktes Fell. Und eine Leine.«

»O.k.«, sagt Adam. »Ich helfe Ihnen.« Und weiß selbst nicht, was er zu finden hofft oder zu finden glaubt.

»Das würden Sie?«

»Wo soll ich anfangen?«

Eifrig führt sie ihn an das eine Ende der Reihe und zeigt auf die erste Tasche. Dann eilt sie unter der Brücke hindurch ans andere Ende und fordert ihn auf, die Suche zu beginnen. Adam ist guten Mutes gewesen. Als er in die Tasche sieht, kommen ihm jedoch Zweifel. Der Inhalt ist schwer zu identifizieren. Schon alt. Vergammelt. Eine unbestimmbare Menge an Stoffen, Dingen, Resten. Adam ekelt sich. Hat es aber selbst vorgeschlagen. Und während zwei Schwäne ihre Schnäbel bereits unter die Flügel geschoben haben und schlafen, scheint der dritte Adam im Auge zu behalten.

Also. Vorsichtig schiebt Adam seine Hand zwischen die Sachen. Weiches Tuch. Eine Kante von einem Bilderrahmen. Er beugt sich tiefer. Senkt beide Arme in die Tasche. Gräbt mit den Händen darin. Beugt den Kopf hinein, den Oberkörper. Verschwindet in der Tasche. Er verschwindet darin und taucht in das Zimmer, an dessen Wand jener Bilderrahmen einst gehangen hat. In dem eine Frau diese leichte Jacke getragen hat, diesen Schal um sich geschlungen. Sie isst einen Apfel und legt den Rest auf einen Teller. Dann vergeht sie, gerinnt vor Adams Augen zu einem Namen auf einem Stück Papier, ein Zettel, der in einen Aktenordner eingeheftet und auf dem Traueramt in ein Regal geschoben wird.

»Haben Sie ihn?«, ruft die Dame mit Hund.

Verwirrt schaut Adam auf. Findet sich wieder am Flussufer unter der Brücke. Vor sich die Reste eines Lebens.

»Na?«, bleibt sie hartnäckig. Auch voller Hoffnung.

Adam schüttelt den Kopf. Er macht einen Schritt hinüber zur nächsten Tüte. Auch hier wirkt der Inhalt abstoßend. Nicht vielversprechend. Trotzdem senkt Adam erst seine Hände und dann sein Selbst in das Sammelsurium. Findet einen Ball. Findet ein Kind in einem Zimmer, das den Ball gegen die Wand schießt. Immer wieder, bis die Wand gesprenkelt ist. Und dann fliegt der Ball durch das offene Fenster hinaus in den blauen Himmel. Der Junge schaut dem verschwindenden Ball nach, verschwindet dann selbst. Auch er bleibt nur als Name auf einem Blatt Papier. Adam reckt den Ball empor.

»Ist das Ihr Hund?«, fragt er die Dame durch alle Zeit hindurch.

»Sind Sie doof? Das ist nur ein Ball«, ist die Antwort.

Ein weiterer Schritt. Eine weitere Tasche. Ein weiteres Leben, in das er eintritt. In dem er die Requisiten betrachten und zurechtrücken darf. Ein Mensch mit vielen Büchern. Ein Mensch mit Briefmarken. Ein Mensch mit Gitarre. Ein Mensch ohne Hoffnung. Ein Mensch ohne Arg. Und alle verblassen und werden Namen auf Papier. Und Adam schaut und schaut und ihm wird schwindlig von all dem Bücken und Tauchen und Schauen, und gerade als er aufhören will, gerade als er in der Mitte unter der Brücke angekommen ist und die Dame ihm bei ihrer Suche von der anderen Seite immer näher rückt, gerade da blickt er hinunter auf eine Supermarkttüte und erblickt darin eine Teekanne, die ihm vertraut ist.

Die blaue Kanne. Immer hat sie getropft und Johanne geseufzt, sie müsste wohl einmal entsorgt werden. Adams Mund ist ganz trocken. Wenn er es nun zulässt.

Vorsichtig schlüpft er in die Tasche, die einmal Johanne besessen hat. Und da steht er im nächsten Augenblick bei ihr. In der Wohnung, die er auch jetzt noch bewohnt. Neben dem Tisch, an dem sie oft gesessen hat. Und da sitzt Johanne in einem Kleid und schenkt sich Tee aus der tropfenden Kanne ein. Sie hält die Kanne sehr hoch. Der Strahl fließt gerade und leicht in die Tasse. Aber am Bauch der Kanne tröpfelt ein zweiter Strahl, und gibt man nicht acht, ergießt sich die Hälfte des Tees in den eigenen Ärmel. Johanne gibt nicht acht. Sie blickt Adam an und fragt: »Was machst du denn hier?«

Sie lächelt wie immer, und Adam muss sich fragen, ob sie diese Begegnung tatsächlich einmal gehabt hatten oder ob sie wirklich erst jetzt geschieht. Und ob das überhaupt von Bedeutung ist.

»Nun?«, fragt Johanne.

»Glaubst du an ein Paralleluniversum in Taschen?«, fragt Adam verwirrt.

Johanne lacht.

»Unbedingt«, sagt sie.

Adam grinst schief.

»Warum bist du nicht bei der Arbeit?«, fragt sie, während die Teetasse längst vollgelaufen ist. Aber

Johanne schert es nicht, dass der Tee nun auf den Tisch fließt. Es macht Adam traurig. Er weiß, ihre Zeit ist begrenzt. Versiegt der Tee, ist der Moment wohl vorbei.

»Ich sehe dich so gern«, sagt er.

»Und darum kommst du nach Hause?«

»Ja.«

»Das ist schön.«

Der Tee durchnässt Johannes Ärmel. Nass ist auch längst ihre Seite. Stark und unbeweglich wie aus Marmor hält ihr Arm die Kanne in unveränderlichem Winkel. Der Tee ergießt sich in einer rasch größer werdenden Pfütze über den Tisch. Gleich wird er von dort in ihren Schoß rinnen.

Johanne kümmert es nicht. Adam bekommt Panik. Was soll er sagen. Er will gar nichts sagen. Er will zu ihr gehen. Ihre Wange berühren, ihre Hand halten. Gleichzeitig ist er voll Sorge, sie könnte sich kalt anfühlen. So kalt wie damals im Krankenhaus. Vielleicht ist die Täuschung nur für die Augen gemacht. Für die Augen, das Ohr, das Herz. Und die Berührung würde alles verraten. Tut sie das nicht immer.

Der Tee fließt auf ihre Beine, bildet dort einen großen Fleck. Dann erstirbt das Rinnsal, und es ist wie jeder einzelne Moment in seinem Leben, den er mit ihr verbracht hat, kein einziger hätte aufhören dürfen. Jeder hätte Teil der Ewigkeit sein müssen.

Fassungslos schaut Adam, wie Johanne verschwindet und vergeht. Auch von ihr wird nur ein herabsegelndes Papier mitsamt ihrem Namen übrig bleiben. Aber ehe einer der dünnen Beamten vom Traueramt es erhaschen und abheften kann, schnappt Adam es sich und fällt plötzlich hart. Es wird ihm schwarz vor Augen, und dann hat ihn die Dame mit Hund bei den Schultern.

Über sich sieht Adam den Bogen der kleinen Brücke. Aber nur verschwommen. Davor hat sich noch Johannes Gesicht geschoben, wie eine Folie vor die Welt.

»Junge, Junge«, sagt die Dame und tätschelt Adam die Wange. Schweiß steht ihm auf der Stirn. Zwischen seinen Händen spürt er den Zettel.

»Ich bin Adam Mohn«, sagt Adam. »Meine Frau ist tot. Meine Frau heißt Johanne. Ich komme damit nicht zurecht.«

Adam kommen die Tränen.

»Ich heiße Bille«, sagt die Dame mit Hund. »Und es ist wohl besser, ich bring dich jetzt heim.«

Dritter Bericht

Ich wurde eingestellt, weil meine Haltung zu den Menschen eine feindselige ist. Ich mag die Menschen nicht. Sie verschließen die Augen vor der einzigen Wahrheit, die es in Verbindung mit Verlust gibt: dass wir uns an diesen gar nicht gewöhnen, sondern tatsächlich einfach vergessen. Es uns aber natürlich nicht eingestehen wollen und uns für das Vergessen schämen. Weshalb wir letztendlich so tun, als hätten wir gelernt mit dem Verlust umzugehen, als griffen irgendwelche Methoden. Alles Quatsch.
Für die Arbeit beim Traueramt – und das habe ich nie verhehlt – braucht es kein Mitgefühl. Es braucht wohltuende Distanz. Harmonisierenden Abstand.
Umso fataler und eigentlich unerklärlich meine Einmischung am heutigen Tag. Ich hadere damit und versuche mich an der Überlegung, ob unsere Arbeit nicht unverhältnismäßig komplizierter geworden wäre, wenn ich den Jungen im Schwimmbad hätte ertrinken lassen.
Und ob es vielleicht von Bedeutung ist, dass er mich wenigstens nicht erkannt hat. Ganz bestimmt hat er mich nicht erkannt, und kei-

ner hat gesehen, wie ich ihn aus dem Wasser gezogen habe.
Wenn ich mich an einer Erklärung versuchen dürfte, würde ich denken, dass es mit dem oben benannten Umfeld der Mohns zu tun hat.
Die Wohnung, in der ich aufgewachsen bin, war denen der Mohns nicht unähnlich. Ich glaube sogar, sie war ganz genauso geschnitten. Nur waren wir eben zu dritt. Ich hatte ein Zimmer für mich allein. Ich hatte die Einsamkeit für mich allein. Und ich hatte die Begegnungen mit unserer Nachbarin für mich allein. Eine Katzenliebhaberin, die mich im Treppenhaus aufs Unangenehmste zur Rede stellte. Mit Anspielungen, die mich verwirrten. Ihre Katze brachte ständig die Jungvögel im Garten um. Sie erhaschte sie, biss sie und spielte sie tot.
Die Nachbarin fand es normal. Aber mich machte es traurig und wütend, denn ich interessierte mich für Vögel, hatte getrocknete Maden, Körner und allerhand Vogelfutter von meinem Taschengeld gekauft und im Garten ausgelegt.
Im Sommer stellte ich eine Vogeltränke auf. Im Winter ein Vogelhäuschen. Sämtliche Vogelarten der heimischen Gärten waren mir

vertraut. Die Katze tötete sie der Reihe nach, als hätte sie einen Plan.
Nachts träumte ich davon, dass die Nachbarin mich fräße. Sie entblößte ihre Fangzähne, um mich zu zerreißen. Manchmal entblößte sie dabei ihre Brüste, und das waren eigentlich die schlimmsten Träume.
In einem Winter geschah es dann. Es hatte stark geschneit. Die Katze hinterließ auf den Autodächern ihre Tapsen. Kroch mal unter dieses oder jenes Fahrzeug, wenn der Motor noch warm war.
Wir wussten das und schauten immer, ob die Katze unter der Karosserie hockte, bevor wir den Wagen starteten. Irgendwann fanden wir sie dann bei unseren Hinterrädern, platt wie eine Flunder und steifgefroren. Sie sah überhaupt nicht mehr aus wie eine Katze. Ganz sicher war es nicht unsere Schuld gewesen. Insgesamt war ich froh, das Vieh endlich los zu sein. Aber natürlich hatte ich Sorge, die Nachbarin könnte uns Unachtsamkeit vorwerfen.
Mein Vater dachte nichts von alledem. Er zuckte mit den Schultern und fegte den Schnee von der Scheibe. Ich jedoch wartete, bis er hinter das Steuer gerutscht war, hob

dann die steife Katze auf und legte sie unter das Auto der Nachbarin.
Ob sie die Katze fand, und den Tod für ihr Verschulden hielt. Ich weiß nur, sie kaufte sich eine neue Katze und ließ diese nicht mehr vor die Tür. Im nächsten Sommer hatten wir so viele Vögel im Garten wie nie zuvor.
Jedenfalls glaube ich, dass eine starke Rückbesinnung auf meine eigenen Schwächen in der Kindheit mich quasi aufgeweicht hat für das, was heute geschehen ist. Nun, da ich diese Schwachstelle gefunden habe, sollte es mir gelingen, zu meiner alten Form zurückzukehren.

Gezeichnet
B. Ginster

22.

Micha sitzt auf der Rückbank des Polizeiwagens. Man hat ihm ein Handtuch untergelegt, damit er mit seinen nassen Sachen nicht die Polster ruiniert.

Vorne zwei Beamte, die mit spitzen Fingern heißen Kaffee in dünnwandigen Pappbechern balancieren und damit beschäftigt sind, sich die Zungen zu verbrühen. Sie fluchen und nippen und fahren so langsam, man könnte aussteigen und Blumen pflücken.

Sie sehen auch nicht, was Micha sieht. Einen Postboten auf der kleinen Brücke, der Brief um Brief aus seiner Tasche zieht und gegen die Sonne hält. Vielleicht sucht er darin nach Bargeld. Aber sie scheinen ihm alle ungenügend, denn ein Umschlag nach dem anderen segelt von der Brücke hinunter ins Wasser. Und die Polizisten schlürfen mit vorgestülpten Lippen ihren Kaffee und merken nichts.

»Und du hast wirklich keine Ahnung?«, fragt

der Fahrer und versucht, im Rückspiegel Michas Blick aufzufangen.

»Nein«, sagt Micha. Ob die Hitze den Postboten hat verrückt werden lassen. Und was wohl mit den Briefen geschieht, die jetzt langsam den Fluss hinuntertreiben. Bleiben sie als Matsch irgendwo hängen. Oder lösen sie sich vollständig auf, so wie sich seine Vokabelkarten einmal aufgelöst haben, die er in der Hosentasche bei sich trug und die dann von Johanne versehentlich mitgewaschen worden waren. Nichts außer einem weißen Schleier war übrig geblieben, der auf allen Kleidungsstücken haftete. Klüger war Micha davon leider nicht geworden, und den Vokabeltest hatte er in den Sand gesetzt.

»Einen Schutzengel hast du gehabt«, sagt der Fahrer. »Zieht dich einfach einer aus dem Wasser. Und du glaubst, dein Vater ist zu Hause?«

Micha nickt in den Spiegel hinein. Er säße ja lieber nicht hier. Ist ungefragt gerettet worden. Wurde aus dem Wasser gezogen. Auf den Beckenrand geschoben. Das war wohl das Schwerste gewesen. Da hat man ihm auch den Rucksack, Linnes Rucksack, von den Schultern gezerrt, der ihn immer wieder hatte hinabziehen wollen. Micha aber wurde auf die Steinplatten gehievt und dann auf den Bauch gedreht, eine Hand hatte das Wasser aus ihm herausgeklopft. Jemand hatte etwas gemurmelt. Kann sein, etwas Beruhigendes, und dann war der Retter eilends verschwunden. Das schmatzende Geräusch durchnässter Sohlen, die sich von Micha entfernten. Und dann gleich schon das Getrappel anderer Schuhe. Ein Polizeimensch, der ihn auf den Rücken drehte, ganz erschrocken, und Michas Gesicht zwischen seine Hände nahm. Da ging es ihm aber schon besser, und er machte Anstalten, sich aufzusetzen. Sie sahen dann beide die nassen Fußspuren, die vom Beckenrand fortführten in Richtung der Büsche, in Richtung der Schlange. Sie sahen, wie die Spuren in der Sonne verdunsteten, und Micha hätte gern geglaubt, es wären die Spuren seiner Mutter. Aber Johanne hatte nicht so große Füße gehabt.

23.

Steves rechtes Brillenglas ist gesprungen, er sieht Marlene tausendfach. Was ihm nur recht ist.

Sie hat ihm aufgeholfen, ihn gestützt und erst mal haben sie es nur bis zum Brunnen geschafft, in dem der Angler am Morgen noch gestanden hat, in dem jetzt Kinder schwimmen.

Marlene taucht ihren dünnen Schal ins Wasser. So einen dünnen Schal, der nur dazu dient, sich zu verfangen und zu erhängen, und Steve denkt nie an etwas anderes, wenn jemand einen solchen Schal trägt. Also aus modischen Gründen sterben wird.

Marlene wringt den Schal aus und versucht, ihn Steve auf die Stirn zu legen. Was im Sitzen nicht gut geht, weshalb ihm das Restwasser über das Gesicht in die Augen rinnt. Er müsste wohl den Kopf in ihren Schoß legen, aber sie bietet es ihm nicht an, und er kann in ihr nicht lesen, ob er einfach fragen sollte oder es tun. Sie sitzen weiter voreinander, derweil ihm das Wasser über das Gesicht und ins

Hemd hineinläuft. Marlene plaudert und lacht und ist auch auf eine Art gefangen in ihrer guten Laune.

Es fällt ihm schwer, sich zu konzentrieren. Die Bäume flüstern unentwegt: He, bist du nicht eben noch in meinen Ästen geklettert, hast du nicht erst gestern an meinen Zweigen geschaukelt. Denn die Bäume haben eine andere Zeitrechnung. Während Steves Tage durch die vielen Verpflichtungen lang und immer länger werden, rechnen die Bäume in Jahreszeiten. Gestern Frühling. Heute Sommer. Morgen Herbst.

Könnte er doch Marlene halten. Könnte er sie nur verstehen. Aber die Bäume rauschen, und die Kinder zerkreischen sich bei ihren Wasserspielen. Und immerzu kommt jetzt jemand vorbei, der Marlene kennt. Ihr vertraulich eine Hand auf die Schulter legt. Kurz Platz nehmen mag, dabei Steve freundlich zunickt, um ihn dann zu ignorieren. Und Marlene lacht mit jedem. Tauscht mit jedem ein Wort. Versucht anschließend immer, den Faden zwischen sich und Steve wiederaufzunehmen. Was angestrengt wirkt. Es ist ihm nicht begreiflich, warum sie überhaupt mit ihm ist. Warum sammelt sie ihn auf. Ein Extra. Eine mühsame Zusatzaufgabe. Was will sie sich damit beweisen. Er springt auf.

»Ich muss etwas trinken«, sagt er.

»Klar«, sagt sie.

Sie suchen sich einen Laden in der Nähe und wollen etwas für unterwegs. Steve überfliegt das endlose Angebot an Getränken, die alle behaupten, sie wären Kaffee.

»Das macht mich fertig«, sagt er.

Marlene bestellt etwas, das Steve nicht aussprechen kann, und er fühlt sich wie einer, der das Fahrradfahren verlernt hat. Sie schlendern damit durch die Gegend. Es ist viel ruhiger als eben noch.

»Wenn du Geschichten liest, also von früher, solche Geschichten, da trinken die Leute immerzu Kaffee«, beginnt Steve vorsichtig. Marlene scheint interessiert und geht neben ihm her. Er fährt also fort. »In jedem zweiten Satz kommt er vor. Ständig wird er gekocht, zubereitet, getrunken, angeboten oder sich danach gesehnt. Aber Wasser trinkt da keiner. Und gegessen wird auch nichts. Und sie tragen nur das eine Kleidungsstück, weil sie kein Geld für mehr haben, und ich frage mich, ob uns die ganzen Möglichkeiten, die wir heute haben, davon abhalten, irgendetwas Wichtiges zu tun«, sagt Steve.

»Wie kann einer so schlau daherreden und so tun, als hätte er den Durchblick, mit so einer vernebelten Brille«, sagt Johanne.

Ja, das unversehrte Glas ist etwas schmierig.

Steve grinst und macht Anstalten, sich die Brille zu putzen. Aber Marlene kommt ihm zuvor. Sehr ernst reibt sie mit ihrem T-Shirt die Gläser. Das macht sie auch nicht zum ersten Mal, denkt Steve.

»Wie neu«, sagt sie dann. Und schiebt ihm die Brille auf die Nase, verhakelt sich mit den Bügeln an seinen Ohren, schließlich sitzt aber alles, und da muss er die Luft anhalten. Denn tatsächlich ist die Brille nicht nur sauber, sondern das gesplitterte Glas auch wieder ganz. Wie kann das sein.

Er starrt Marlene lange an und begreift, niemand kann die Liebenden retten. Sie gehen alle an denselben Wunden zugrunde. Aber das wird es wert gewesen sein.

»Ist was?«, fragt sie mit einem Lachen. Als wisse sie nichts von ihren Zauberkünsten.

»Kannst du mit mir kommen? Bitte«, sagt Steve.

Und denkt: Kannst du bitte meinen Vater kennenlernen. Meine Geschwister. Kannst du bitte alles wieder ganz machen bei uns.

Und zu seiner eigenen Überraschung kommt Marlene mit.

24.

Den Uferweg von der Brücke hinauf schieben Adam und Bille schwer. Der Einkaufswagen ist wieder turmhoch beladen. Bille, die Hüterin der Dinge, die Hüterin der Toten, wie Adam bei sich denkt. Mit sehr viel Geschick und Übung hat sie die zahlreichen Taschen so getürmt und vertäut, damit sie losziehen konnten. Mühsam. Wacklig in den Knien. Und es ist nicht ganz sicher, ob Adam beim Schieben wirklich eine Hilfe ist, oder ob Bille ihn nicht eigentlich mitschleppt. Ein weiteres Gewicht.

Aber Bille hat Übung und Bärenkräfte. Sie stößt den Wagen voran. Drängt ihn über die heißen Straßen, die von der Hitze geschmolzen sind. Teer verklebt prompt das linke Vorderrad, das daraufhin nicht mehr richtig rollt.

»Verdammt«, sagt Bille. »Wo kriege ich denn jetzt einen neuen Wagen her?«

Jeder Kiesel ist ein Hindernis. Jede Unebenheit im Gelände eine Qual. Adam schwitzt und keucht, aber wahrscheinlich ist diese Strecke auch nicht viel schlimmer als der Rest seines Lebens. Unsichtbar wird er hinter dem Turm der Dinge. Hier und da sieht er Bekannte. Aber sie schauen an Bille und ihrem Wagen vorbei, als seien diese ein Loch in der Welt. Und also erblicken sie auch Adam nicht und ihm gefällt das. Sie sind ewig unterwegs, die Sonne kann indessen unter- und wieder aufgegangen sein.

Als sie die Straße erreichen, steht das Licht auf den Fenstern. Alles flimmert und glänzt.

Die Güldene Kammer. Wie gut dem Weg der Name passt, denkt Adam. Vor der Nummer 14 hält ein Polizeiwagen. Erst im Näherkommen begreift Adam das und hält inne, er ist ja hier zu Hause, nicht wahr. Und dann erblickt er Micha, der still und blass zwischen den uniformierten Beamten steht. »Micha!«, ruft er und eilt heran. Automatisch weichen alle ein wenig zurück. Vielleicht haben sie Angst, Adam könnte riechen. Er sieht aus, als würde er riechen. Seine Tauchversuche in Billes Taschen haben Spuren hinterlassen. Orangenschalen kleben an seiner Hose. Teeblätter am Pullover.

»Wer ist das?«, fragt der Polizist.

»Mein Vater«, sagt Micha.

»Warum passt er denn nicht besser auf dich auf?«

»Er tut, was er kann«, sagt Micha.

Adam umfasst Michas Schultern. Tastet ihn ab. Ist er noch heil. Außen scheinbar unversehrt, aber innen. Er weiß genau, dort müsste er schauen, aber wie soll es ihm gelingen. Er spürt die Nässe in Michas Kleidung. Überall diese Nässe. Die Schuhe hinterlassen einen klammen Rand auf dem Asphalt.

Fast ertrunken, weiß Adam jetzt, und seine Kehle geht zu, mit einem Schmerz, der keinen Vergleich kennt.

Da sinkt Adam vor Micha auf die Knie. Wie oft kniet man vor seinem Kind. Um die Schuhe zu binden. Um zu erklären. In die Augen zu schauen. Die schluchzend ausgestoßenen Erzählungen zu verstehen. Um Sand aus dem Nacken zu pusten. Um hakelnde Reißverschlüsse auseinanderzuzwingen. Eismünder abzuwischen. Rotznasen zu putzen.

Adam kniet und bittet Micha um Vergebung. Dass er die Mutter nicht heilen konnte. Michas Not nicht bergen kann. Ihm ständig der Schutz versagt.

Das Licht liegt wärmend auf Adams gesenktem Kopf und hinzu gesellt sich, leicht wie ein Vogel, Michas Hand. Und nach einem Augenblick findet sich auch Linnes Hand ein, Steves Hand ebenfalls, ruhen die Kinderhände auf des Vaters Scheitel und erteilen ihm Absolution.

Der hält ganz still und wagt keine Träne. Erst als

sich Wolken vor die Sonne schieben und ein Wind aufkommt, dürfen sie sich voneinander lösen, schauen einander an und werden auch der Figuren gewahr, die sie in ihr Schicksal eingeladen haben. Brassert, Bille und Marlene. Ein feiner Nieselregen setzt ein. Die Polizisten sind verschwunden. Man hilft Adam auf die Beine, und es ist gleich so ein Wohlgefühl untereinander. Bille bekommt ihren Hund zurück. Sie lacht vor Glück. Alle lachen mit. Nun wollen sie fort von der Straße und den neugierigen Blicken der Nachbarn entkommen. Aber Bille weiß nicht wohin mit ihrem Wagen, der ja ihr Leben ist und das vieler anderer birgt.

Das Ungetüm passt nicht durch die Haustür, obwohl Brassert sich anbietet, ihn zu tragen. Aber es geht nicht und gleichzeitig ist undenkbar, ihn einfach unten stehen zu lassen.

Da hat Steve die Idee mit den Seilen. Sie suchen und finden vier Seile, lassen diese aus dem Schlafzimmerfenster herab, unten knotet Adam sie an die vier Ecken des Einkaufswagens, dann hisst Brassert den Wagen, zieht ihn hinauf, hoch genug und so befestigt, dass Bille ihn vom Fenster aus wird erreichen können, falls sie etwas daraus benötigt. Und jetzt hängt die Sammlung für jedermann sichtbar. Das Tote. Das Verstoßene. Das Aussortierte. Sie zeigen es. Sie zeigen sich.

25.

Indessen ist der flirrende Glanz aus der Straße gewichen. Der Himmel grau und bleischwer. Die Luft stickig wie in einer Wäscherei. Sie erklimmen die Treppe. Marlene hängt ein bisschen nach, tut sich schwer mit den Stufen. Neugierig und behutsam betreten alle nun die Wohnung der Mohns. Diese Hitze zwischen den Wänden. Zum Glück haben sie Wind mitgebracht und lassen das Wetter in die Räume. Sie reißen die Fenster auf und Türen, Blätter wirbeln umher, Zeitungen. Die Bilder schaukeln an den Wänden. Regen beginnt, kräftig prasselt es zu ihnen herein. Sie legen Handtücher aus. Steves Notizbuch wird nass und jede Zeichnung schwimmt davon. Der Himmel zeigt, was er kann, und lässt die Blitze fauchen. Wind fegt ihnen die Erbsen vom Teller, und das nennen sie eine raffinierte Beilage. Manchmal nieselt es in ihre Gläser, und das nennen sie einen edlen Tropfen. Hier drin ist jetzt das ganze Leben. Das Draußen war nur ein Versuch und kümmert sie nicht weiter.

Billes Einkaufswagen ist fest vertäut, aber sie hören ihn ächzen und stöhnen. Ab und an schaut einer nach dem Rechten.

Wie ist es voll mit allen in der Wohnung. Es gibt nirgends genug Platz, aber alle kommen unter. Gespräche sind ihnen nie leichter gefallen. Nie war ein Gegenüber so gut zu verstehen. Selbst wer sich im Ton vergreift, weiß sich in Sicherheit. Und ganz von allein ahnt jeder die Wunden des anderen. Es ist möglich, über sie zu sprechen. Es ist möglich, von ihnen zu schweigen.

Und wie sie so sitzen, tut sich in ihrer Mitte etwas auf. Ein Stück Vergangenheit, in dem noch jedes Wort und jeder Laut vom Glockenturm einer Einladung gleichkam. Wo sie sich wie Schwalben furchtlos in die Gewitter stürzten.

Da wagen sie es, die echten Fragen zu stellen: »Warum trägst du das alles mit dir herum, Bille?«

»Ich sammel die Dinge, weil sie Licht in sich bergen. In diesem Spiegel etwa haben sich Blicke getroffen, haben sich junge Mädchen Kusshände zugeworfen, haben Menschen verblüfft ihre grauen Haare gezählt und ihre Falten. In der Schüssel mit Sprung wurden Klöße serviert, Gulaschsuppen und einmal wurde ein Baby darin gebadet. Und diese Handtasche hier, die ist mir die liebste. Und wenn ich mit ihr an Läden vorübergehe, wo sich die Taschen gegenseitig keinen Platz in der Auslage gönnen, dann tun sie mir leid. Wie eitel und selbstgefällig sie da hocken. Irgendwann kommt vielleicht eine Frau daher, die ein Vermögen hinblättert für ein Stück Leder, in dem sie ihre Lippenstifte verlieren wird und sich Krümel sammeln. Und dann gehen Tasche und Besitzerin stolz einher und fühlen sich wohl und mögen einander. Die Tasche wird bewundert, die Freundinnen dürfen mal Probe halten, und sie erlebt ein zwei Nachmittage, vielleicht einen Ausflug nach Paris. Mag sein. Aber dann ist die Liebe nicht mehr so groß. Die Tasche wird in ein Regal gesetzt, bis die Frau auf die Idee kommen wird, sie wieder einmal bei sich zu tragen. Aber bis dahin vergehen mitunter Monate. Aber nicht so meine Ruth«, sagt Bille dann und drückt sich ihre dunkelrote Tasche an die Brust. Tätschelt sie.

»Sie hat einen Namen, die Tasche?«, fragt Linne.

»Selbstverständlich. Sie begleitet mich seit fünfzehn Jahren. Und könnte sie reden – also natürlich kann sie reden, nur ihr Schwachköpfe könnt sie nicht hören –, dann würde sie von Abenteuern, von historischen Begegnungen erzählen, ihr würdet vor Staunen das Atmen vergessen.«

Und sie lachen und nicken und streicheln die brave Tasche. Sie fragen: »Was ist mit dir, Brassert? Wie bist du ein Riese geworden?«

Und er antwortet, dass er nur so groß ist, weil er aus lauter falschen Häuten und Fellen besteht, die er sich mit den Jahren umgelegt hat. Verbergen will er sich. Und flüchtet ins Große, statt ins Unsichtbare. Sagt Brassert, während das Sofamöbel unter ihm ächzt. Aber jeder Idiot muss sehen, dass sein Körper nur ein ledriger Panzer ist, der um einen geschundenen Kern liegt. In seinen Augen lässt sich der Schmerz erkennen. Eingelagert wie dunkles Öl. Und weit dahinter das gute Herz.

»Denn«, sagt Brassert. »Egal wie die anderen sind. Schlecht und gemein. Ignorant und verschlagen. Du hast dein Herz ja noch. Die Welt ist ohne Mitleid. Aber du kannst ja welches haben. Auch wenn dein Zimmer klein ist oder dein Schicksal zu schwer für dein Leben.«

Sie nicken. Es droht keine Gefahr, an einem Satz zu zersplittern. Und plötzlich ist es Marlene, aus der es herausbricht: »Ich kenne dich!«, ruft sie und meint Brassert. »Natürlich! Das Ohr.«

Keiner versteht. Nur Brassert fasst sich an den Kopf. Marlene kneift die Augen zusammen, schnippt dann mit den Fingern. »Dein linkes«, sagt sie. »Dein linkes Ohr. Das habe ich bemalt.«

Immer noch versteht niemand, dann pflückt sich Brassert vorsichtig das linke Ohr vom Kopf und siehe da, es ist ein künstliches. Eine Epithese.

Marlene klatscht in die Hände. »Ich wusste es.«

»Du machst so was beruflich?«, fragt Steve. Marlene nickt. Sie sieht sehr zufrieden aus.

»Wie ist das geschehen?«, fragt Linne völlig fasziniert. Sie würde gern das Ohr anfassen, traut sich aber nicht. Brassert trinkt einen Schluck Tee aus der Tasse, die man in seiner Pranke gar nicht mehr sehen kann. Als tränke er aus der eigenen Hand.

»Ja«, sagt Brassert. »Wie ist das passiert. Ich sags euch. Das war damals. In den Steinwüsten mit Johanne.«

Und das ist das erste Wort einer Lüge, das erste Wort einer Erinnerung, die es nie gegeben hat, die erst jetzt erblüht. Sie sitzen in Schock. Schrumpfen auf die Erwartungshaltung kleiner Kinder. Jetzt ist es soweit. Jetzt wird Warten und Ausharren belohnt. Jetzt wird sie einer mitnehmen und heraustragen aus dem Hier und forttragen dorthin, wo schon immer alles möglich gewesen ist und immer möglich sein wird. Sie haben gebangt und nicht gewusst, wie. Sie haben darauf gehofft, dass es geschieht, und gerätselt, wer es sein wird. Nun ist es Brassert, der Trost geben wird und Erlösung, der ihnen beweist, dass jede Erinnerung zu einer Geschichte werden kann. Und umgekehrt jede Geschichte zu einer Erinnerung.

Brassert und Johanne

Weit draußen, nach langer Fahrt durch Steinwüste und rostroten Fels erreichten wir das Tal. Ein halunkenartiger Mann wartete auf uns und vertickte die Ausgrabungsgenehmigung für einen viel zu hohen Preis. Ganz sicher betrog er uns, und an die telefonisch vereinbarte Summe wollte er sich nicht erinnern. Sein Gesicht war kaum zu sehen unter dem großen Hut, der ihn gegen die senkrecht stehende Sonne schützte.

Johanne und ich gingen an den Rand des Hangs und schauten hinunter. An steilem Fels öffnete sich ein ovalförmiges Becken aus Geröll und Sand. Die Hitze stieg zwischen den Wänden auf und schlug uns oben ins Gesicht. Eine brutale Backofenhitze. Man konnte sie gar nicht atmen, diese Luft, aber Johannes Augen leuchteten. Außer uns gab es lediglich zwei weitere Personen, die gemeinsam in der Senke arbeiteten. Ab und an hörte man den hellen Klang eines Hämmerchens, das Sandschichten von Gestein klopfte.

Letztes Jahr hatte Johanne bei Ausgrabungen die Überreste eines Entelodons gefunden. Sie hatte ein Gespür für Steine. Am Meer fand sie auch dort noch Ammoniten und Bernstein, wo bereits Heerscharen von Touristen durchgepflügt waren. Aber diesmal wurde ihre Geduld auf die Probe gestellt.

Denn der erste Tag verging und Johanne entdeckte nichts als Ziegenköttel und Eidechsen. Ich wusste, dass sie die zugewiesene Stelle nicht mochte und lieber auf der anderen Seite ihr Glück versuchen wollte. Aber da arbeitete ja das andere Paar, und es gebot die Höflichkeit, ihnen den Platz nicht streitig zu machen. Johanne musste warten. Zwei Tage vergingen. Unser Aufenthalt verrann, es blieb kaum noch Zeit. Wie lang hatte Johanne wohl gespart, um sich die Reise, die Genehmigung, das Zimmer und mich, den alten Brassert als Wachhund, leisten zu können. Am dritten Tag war Johanne der Appetit vergangen. Sie trank Unmengen Kaffee zum Frühstück. So stark, davon hätten andere fliegen können. Sie war aufgebracht. Im Radio wurden Unwetter für das Ende der Woche angesagt. Das drohte uns. Wir fuhren mit unserem klapprigen Leihwagen erneut zum Steinbruch. Aber diesmal sahen wir gleich: Das Auto der anderen war nicht da. Ob sie abgereist waren oder später kommen wollten, wussten wir nicht.

Johanne zögerte keine Sekunde. Sie marschierte an der uns zugewiesenen Stelle geradewegs vorbei und dorthin, wo die Tage zuvor das fremde Paar ergebnislos gearbeitet hatte. Sie war ohne Zweifel, dass wir ungestört bleiben würden. Sie war ohne Zweifel, endlich loslegen zu können, und sie war ganz sicher, etwas Besonderes zu finden.

Wir gruben und pinselten, und Johanne durchforstete jeden Zentimeter mit so einem untrüglichen Gespür, als wäre sie nicht nur einmal im Jahr eine Hobbyarchäologin. Die Sonne verbrannte uns die Haut und zerkochte uns das Gehirn.

Und schließlich fanden wir. Schräg am Hang stehend. Mit schmerzendem Rücken. Ein Bein gebeugt. Das andere in die trockene Erde gestemmt. Eine Höllenqual. Aber wir fanden und legten frei. Knochen um Knochen. Pinselstrich um Pinselstrich. Wir taten es staunend und doch mit einer gewissen Unbeirrbarkeit. Es ging ums Ganze. Am letzten Tag, als sich die Unwetter bereits über uns verschworen, begriffen wir erst unseren Fund. Es war alles da.

Klauen und Rippen. Ein stachelbewehrter Schwanz. Ein gewaltiges Haupt mit unterarmlangen Zähnen. Und schließlich das Gerüst gewaltiger Schwingen. Ein Flügelpaar von der Größe einer Dreizimmerwohnung.

Der Himmel war bedeckt und die Luft schwül,

wir schwammen in unserem Schweiß. Mit angezogenen Knien hockten wir am Rand unserer Ausgrabung und starrten auf das in sich verdrehte, meterlange Skelett im Hang. Auf den riesigen Schädel, die Beinpaare. Wir wussten, es war eine Sensation. Es war unfassbar. ›Kneif mich mal‹, bat Johanne mich. Und bat mich noch mehrfach. Wir sprachen es nicht aus.

Zwei durstige, völlig überforderte Hobbyarchäologen von einem Jahrhundertfund überrascht, der die Menschen dort treffen würde, wo sie einst Märchen und Aberglauben, die Hoffnung auf Jenseitiges und den Wunsch nach Übersinnlichem zu Staub hatten zerfallen lassen. Und dort zog jetzt der Anblick des Drachenskeletts ein, während erste Blitze zuckten. Schwarz der Himmel und wir ohne Ahnung, wie wir die Stelle sichern könnten. Dann der Regen. Erst nur ein paar Tropfen im Sand.

›Wir brauchen Hilfe‹, sagte ich zu Johanne.

Aber eigentlich war es da bereits zu spät. Binnen weniger Minuten schlug der Regen zu uns durch und verwandelte die Senke in ein schlammiges Loch. Wir versuchten alles, um die Knochen zu bergen. Schützten sie mit unseren Körpern. In einem Sack wollte Johanne Schädelteile retten, die Zahnreihe, vielleicht Teile der Schwingen. Den Kampf, alles retten zu wollen, wussten wir bereits verloren. Geröll und Steine lösten sich unter uns. Lawinenartig kam die Erde in Bewegung. Alles begann ins Tal zu rutschen. Das Fundament schwamm uns davon. Die trockene Erde, die Felsbrocken und splittrigen Steine, alles riss sich los, und auch die Knochen rutschten fort.

Johanne befand sich einen halben Meter über mir. Wir versuchten zu klettern, schneller als uns der Boden entgleiten würde.

Dann traf mich ein Stein am Kopf. Mit so einer Wucht, dass drin etwas kaputtging. Ein reißendes Geräusch hinter meiner Stirn. Ein zweiter scharfkantiger Stein schnitt mir das Ohr ab. Blut floss in Strömen aus mir hinaus. Regengemisch. Tränengemisch. Unwichtig. Aber halten konnte ich mich nicht mehr. Hatte kein Gefühl mehr in den Händen noch Kraft in den Beinen. Rufen konnte ich auch nicht mehr. Und Johanne schien so weit von mir entfernt. Wie ein Kind so klein. Ich glaube, ich fiel. Es fühlte sich wie Fallen an. Wie Sterben. Um mich herum stürzten die Knochen, stürzten die Beweise, aber Johanne drehte sich zu mir und nur zu mir. Und sie brauchte keine Zeit, keine Sekunde und auch nicht den Bruchteil eines Wimpernschlages, es gab keine Verzögerung. Sie ließ sofort den Beutel mit ihrem Drachen los und griff nach mir. Sie gab ihn verloren und rettete mich.«

26.

Sie liegen wach, können vor Seligkeit nicht schlafen. Vor Glück, weil sie fühlen und es anders ist als zuvor.

Sie sind da gewesen. Sie haben den Drachen gesehen. Haben erst die Hitze gespürt und dann den Regen. Sind Johanne gewesen, die sich gegen einen Stein stemmt, um Brassert zu halten. Sind Brassert gewesen, durch den der Schmerz schießt. Sie haben auf der Kante gehockt, während unter ihnen der halbe Berg, Geröll und Drachenskelett in einem gewaltigen Bruch davonrutschen. Und jetzt tragen sie den Frieden in sich, den Johanne zeitlebens ausgestrahlt hat. Das Wissen um ein reines Geheimnis. Das Wertvolle bewahrt und für einen Moment das Magische gekostet.

Die Mohns haben ihre Gäste auf die Räume verteilt, schlafen selbst im Wohnzimmer. Sie liegen auf dem Sofa, auf dem Teppich, auf der zitronengelben Luftmatratze, auf einer Sportunterlage. Sie hören den Büchern beim Schweigen zu und wissen, die anderen liegen auch noch wach. Aber sie genießen den Umstand, sich schlafend stellen zu dürfen. Sie schätzen die Ruhe und lägen auch weiter so, stundenlang, es würde sie nicht langweilen. Sie schauen gegen die Zimmerdecke, auf der die Schatten in Bewegung geraten, alsbald ein Auto durch die Nacht zieht, ein Licht hinaufwirft und die Schatten eine Geschichte erzählen lässt. Jedes Mal ist es ein Abspann zu Brasserts Erzählung.

Linne hat den Ammoniten aus dem Regal geholt und hält ihn in der Hand. Wie lange es gebraucht hat, bis das Tier Stein geworden ist. Und wie lange Linne den Stein wohl streicheln müsste, bis er seine Gestalt wieder verlieren und nur noch ein Kiesel sein würde. Er riecht noch nach Meer, und als sie den Stein mit der Zunge anstupst, schmeckt er nach Salz und Kalk, sandig. Und als Linne danach an ihrem Unterarm leckt, schmeckt der genauso.

Sie denkt, vielleicht ist es doch nicht so schlimm, von Steinen bewohnt zu sein. So vieles ist möglich. Kann sie nicht auch eine Höhle mit glatten Wänden sein, die Schutz bietet. In die man sich gern zurückzieht. Eine Höhle, in der man das Feuer erfindet. Die Zeichnung und die Sprache. Ein Ort, von dem aus man die ganze Welt erobert.

Der Schmerz setzt dann ganz plötzlich ein. Sie kennt ihn zwar schon, aber sonst ist er milder.

Diesmal gleich unerträglich und brennend. Sie ist ganz überrascht davon und auch das Wimmern, das aus ihrem Mund dringt, kennt sie nicht, es macht ihr Angst. Adam schreckt auf, umfasst sie, beide wissen nicht, was geschieht. Die anderen ebenfalls ratlos, was tun. Was hat Linne? Sie schreit, Adam trägt sie ins Badezimmer, wo sie im kalten Licht erbrechen muss und sich vor Schmerzen krümmt.

Sie rufen ein Taxi. Adam trägt Linne die Treppen hinunter. Sie klammert sich an den Vater, der nun ihre ganze Welt ist. Mit dem sie durch die Dunkelheit der Angst treibt. Unten wartet der Fahrer. Dann jagen sie durch die Stadt. Die Fenster stehen offen. Warmer Wind. Linne fragt Adam, ob sie sterben muss. Adam drückt das gespenstische Kind an sich.

Im Krankenhaus überall das Deckenhell, das man im Liegen schauen muss. Und die Gesichter über sich. Die gerunzelten Stirnen. Die Geräte auf ihrem Körper. Die Spritzen in ihrem Arm. Die Durchleuchtungsmaschine mit ihren klopfenden Geräuschen. Und immer Adams ruhige, trockene Hand auf ihrer Stirn, auf ihrem Arm. Und wenn er sie nicht berühren kann, sein Blick, der sie sieht. Nicht Johanne in ihr. Nur Linne.

Nierensteine lautet die Diagnose. Heutzutage lassen die sich pulverisieren. Es gibt eine neue Methode. Minimalinvasiv. Und das findet Linne einigermaßen lustig. Wann ist in ihrem Leben überhaupt mal etwas minimalinvasiv gewesen. Kennt sie nicht nur die überwältigenden Gefühle, die sich hinter allem verbergen. Die überall auf sie lauern. Ständig wird sie von ihnen überschwemmt und ertränkt, versengt oder zerstoßen. Monströs ist alles. Immer laut und gigantisch. Wie soll man da bestehen.

Über Nacht bleibt Linne im Krankenhaus. Adam wird aufgefordert, nach Hause zu gehen.

»Das Kind ist doch schon groß«, sagt die Krankenschwester.

»Die Angst ist es auch«, sagt Adam.

Er ist jetzt ein sehr konzentrierter Vater. Er ist ganz da.

Lange sitzt er wach und aufrecht an Linnes Bett. Irgendwann übermannt ihn doch der Schlaf. Er sinkt mit dem Oberkörper auf die Laken, da wartet der Morgen bereits in den Wolken, und Linne hat noch gar nicht geschlafen. Sie krabbelt aus dem Bett. Das kühle Linoleum unter den nackten Füßen. In diesem Krankenhaus starb die Mutter. Es war in einem anderen Stockwerk. Es war in einem anderen Flur.

Sie verlässt das Zimmer. Der schlafende Vater merkt es nicht. Im hinteren Bereich des Gangs sieht sie die Nachtschwester, die gegen die knochentiefe Müdigkeit eine dicke Wolljacke über dem Kittel trägt.

Linne wartet, bis sie um die Ecke verschwunden ist. Auf einem Lageplan erschließt sich ihr rasch, wohin sie gehen muss. Zwei Stockwerke hinauf. Linker Gang. Das Zimmer rechts. Meter für Meter schafft sie sich der Erinnerung entgegen. Das Krankenhaus liegt in Stille.

Als sie das Zimmer gefunden hat, braucht sie allen Mut, um die Klinke zu drücken. Dann tut sie es ganz schnell und schlüpft hinein, ohne einen Blick zu werfen. Sie schließt die Tür, harrt mit dem Rücken zum Zimmer aus. Beruhigt den eigenen Atem. Dreht sich dann erst um.

Ein Mensch in diesem Bett. Natürlich nicht die Mutter, vielmehr irgendeine Mutter. Jemandes Mutter. Ein alter Mensch. Linne liest die Zeichen: eine Gehhilfe, ein dünner Strauß Blumen, ein Abspielgerät und ein Stapel Tonträger. Eine Schachtel, vielleicht Pralinen.

Linne tritt vorsichtig näher. Sieht die weißen Haare auf dem Kissen, hört den schweren Atem. Unruhig fahren die Hände der Frau über die Bettdecke. Etwas fällt hinunter. Ein Stück Stoff oder schweres Tuch. Linne steht wie gebannt. Die hageren Hände halten inne, suchen dann nervös. Ein Klagelaut entfährt dem Mund.

Linne hebt das Heruntergefallene auf. Es ist ein kleiner, gewebter Teppich. Noch ist der Tag nicht genug, als dass die Farben zu bestimmen wären. Blau womöglich. Ein Muster wie kindliche Wellenzeichnung. Ein Heben und Senken. Und Buchstaben. Ein Name. MICHA steht dort.

Linne streicht darüber. Spürt warmes Gewebe unter ihren Fingerspitzen. Sie wird hier wohl eine Weile sitzen. Wird den Teppich zurück in den Arm der alten Frau legen. Wird die fremde Hand nehmen und warten. Wird ab und an das weiche weiße Haar berühren und daran denken, dass so der Abschied von der eigenen Mutter hätte sein sollen. Erst in vielen Jahren. Lebenssatt und friedlich.

Als Adam später mit verspanntem Nacken aufwacht, hockt Linne sehr gerade ihm gegenüber in den Kissen des Krankenhausbettes.

»Geht es dir besser?«, fragt er.

»Es geht mir besser«, sagt Linne.

27.

Sie kehren aus dem Krankenhaus heim, und es kommt ihnen vor wie ein Sieg. Die anderen haben sehnsüchtig gewartet. Noch auf der Schwelle umarmen sie einander und plappern los, als wären sie wochenlang getrennt gewesen. Als hätten sie Abenteuer erlebt. Kinder.

»Schau mal«, sagt Brassert, der so froh ist, seine Linne wieder beschützen zu dürfen. Er hält ihr ein Fernglas vor die Nase und zeigt hinaus.

»Was ist denn da?«, fragt sie.

»Meine Schwäne«, sagt er. Was gar nicht sein kann. Es ist unmöglich, von hier aus durch die halbe Stadt den Friedhofshügel hinauf und wieder hinunter zu schauen, um hinter sumpfigen Büschen verborgen den Schwänen beim Schlafen zuzusehen. Es ist unmöglich, aber Brassert egal. Und deshalb sieht er sie, und Linne tut es auch.

Sie sieht außerdem, dass Michas Narbe verschwunden ist. Die Narbe unter seiner Lippe. Da war er gestürzt als ganz kleines Kind und hatte den halben Wohnzimmerteppich vollgeblutet. Aber die Narbe ist fort. Nicht verblasst oder vom Dreck übermalt. Nein, verschwunden. Linne dreht Michas Gesicht hin und her, aber nichts.

Sie kochen Kaffee und trinken ihn so stark, anschließend ließe sich zu ihren wummernden Herzen tanzen.

Adam öffnet ein paar jener Briefe, die sich schon seit Wochen auf der Ablage im Flur angesammelt haben, ständig hinunterrutschen und sich fächerartig auf dem Boden ausbreiten. Adams Taktik ist immer gleich. Er öffnet die Post, zerkleinert gewissenhaft die Umschläge, versucht zu lesen und häuft die Briefe dann doch unverstanden beiseite. Unverstanden, denn er überfliegt sie nur – überfliegt, während die Gedanken bereits am Wegfliegen sind, dabei dieses warme Gefühl im Nacken, schon die dritte Mahnung, aber das warme Gefühl sorgt für noch mehr Auftrieb, dahinten der Sonnenuntergang, für immer möchte er hier oben bleiben.

»Du bist unglaublich«, sagte Johanne, wenn sie die Mahnungen, die Erinnerungsschreiben, die Erinnerungsschreiben an die Erinnerungsschreiben, die Termine, Ultimaten eingesammelt und den Schaden einzudämmen versuchte.

»Ich bin briefkrank«, sagte Adam dann. »Die Dinger jagen mir eine Heidenangst ein.«

»Es wäre dennoch nett, wenn du wenigstens eine Kündigung erkennen würdest, falls wir mal eine bekommen«, sagte sie.

Und jetzt ist es tatsächlich so weit. Adam liest die fristlose Kündigung der Wohnung und hält seine Gedanken mühsam fest, während sie bei jedem Wort die Flucht antreten wollen. Unbegreiflicherweise bereitet es ihm keinerlei Furcht. Alles ist in Auflösung begriffen. Sie werden sich auflösen und verschwinden. Sie werden alles hinter sich lassen, und es ist nicht ihre Schuld.

Marlene hat den Fernseher angestellt. Auch das ist so ein Gerät, das sie ständig vergessen und dessen Funktion ihnen erst einmal unverständlich erscheint. Alle stehen wie gebannt, als plötzlich Bilder auf dem Bildschirm auftauchen. Naturaufnahmen, ein Außen. Felder gelb und weit. Traktoren fahren über staubige Böden und ziehen trockene Wolken hinter sich her. Sie sehen von der Sonne verbrannte Wiesen. Es kommt ihnen vor wie die ganze Welt.

Und Micha denkt daran, wie lange sie schon nicht mehr am Meer gewesen sind. Und ob man nicht hinfahren könnte und in die Brandung brüllen sollte: Ich habe dich vermisst!

Und wie könnte es antworten, das Meer.

»Wo ist denn das ganze Wasser?«, fragt Micha

tonlos. Eigentlich scheint die Frage unsinnig und doch wiederum nicht. Wo ist irgendwas, wenn nicht hier in ihrer Wohnung? Wo ist das Leben, wenn nicht zwischen den Seiten ihrer Bücher?

Lange schon sind sie nicht mehr da draußen gewesen. Haben mit Picknickdecke und Körben einen Ort jenseits aller Wege gesucht. Am Waldrand entlang. Durch Moos, über Stämme. Wie lange haben sie schon nicht mehr den Abend nahen gespürt, die Gräser unter ihren Füßen klamm werden und sich dunkel anfühlen. Und waren dann heimgekehrt, mit grünen Fußsohlen, die sie im Schlaf an den Bettlaken sauber rieben. Im Schlaf, der dem Erlebten, dem Genossenen entstammte und nicht nur Flucht war.

28.

In den frühen Morgenstunden frisst sich ein Bagger durch den Asphalt. Ein zweiter wird hinzugeschafft, Bauarbeiter in leuchtenden Westen stellen Absperrungen auf, enthebeln Gullydeckel und zerhauen die Straße, dass der Krach Tote aufwecken könnte. Und unten fallen die Namensschilder von den Briefkästen.

Die Kalsters haben keine Aussicht mehr. Ihnen verdunkelt ein Baucontainer die Sicht. Baggerschaufeln schwingen und drehen sich zwischen den Häusern, recken ihre erdigen Mäuler bis hoch hinauf in den dritten Stock. Schütteln Asphaltbrocken aus den Zähnen. Als wären Urzeitbewohner in die Straße gezogen.

Linne und Micha hocken auf der Fensterbank, beobachten die Riesen und versuchen sie zu füttern. Micha würde gern eine Fahrt in der Baggerschaufel wagen.

Einmal die Straße entlang wird ein Graben gerissen. Bürgersteige verschwinden, Parkuhren,

Fahrradständer, Mülltonnen. Wie rasch alles zerstört werden kann und wie mühsam es sein wird, alles wieder zu errichten.

Die Schmidt hört man den ganzen Morgen schimpfen. Als die Presslufthämmer einsetzen, macht der Lärm alle im Haus mundtot. Im dritten Stock flüchten sie in die Küche.

Steve und Marlene schälen Kartoffeln. Sie hocken hinter Kartoffelbergen, den geschälten und den ungeschälten, und verpassen den Moment, da die Verhältnisse kippen und sie die Hälfte geschafft haben. Die Stärke trocknet weißlich aus. Alles riecht nach Erde und Bodenfrucht.

»Wie hast du es gemerkt?«, fragt Steve. »Wann hast du gewusst, was du willst?«

Marlene schneidet sich, lutscht sich das Blut vom Daumen und sagt: »Wenn du richtig Kartoffeln schälen kannst, bist du alt.«

Steve mag es, wenn sie aneinander vorbeireden. Es ist, als würde man dem anderen die Möglichkeit geben, etwas über sich selbst herauszufinden. Aber man ist dabei nicht so allein.

»Hast du nur gesehen, ich will das nicht mehr? Oder hast du gesehen, ich will etwas anderes?«, fragt er.

Steve holt einen neuen Sack Kartoffeln, reißt ihn auf. Sie reiben die Erde ab und wischen sich die

Hände an Geschirrtüchern sauber, weil das Spülbecken verstopft ist. Vielleicht haben sich Papierreste darin verklumpt. Jedenfalls ist es unbenutzbar. Die Waschmaschine auch, weil sie denselben Ablauf hat. Sie behelfen sich damit, ihre Wäsche im Badezimmer zu schrubben und tropfnass auf den Balkon zu hängen, in Wind und Sonne.

Bille befühlt die Kartoffeln und hält sich eine nach der anderen prüfend vor das Gesicht.

»Ich habe einen«, sagt Bille glücklich.

»Einen?«

»Kartoffelmann«, sagt Bille triumphierend. Sie dreht ihnen das Ding entgegen und Steve sieht nichts. Kein Gesicht will sich ihm zeigen. Keine Gestalt. Marlene bemerkt seine Verblüffung und legt ihm die Hand auf den Arm. Steve schaut sie bestürzt an.

Er weiß nicht, ob er sich freuen soll. Ob er weinen sollte. Ist dies der Moment, in dem er erwachsen wird. Was ist es, das sie langsam und langsamer werden lässt, sodass sie den Anschluss an alles und jeden anderen verlieren. Ihre Wohnung hat längst die Umlaufbahn verlassen. In ihren Haaren wachsen Blumen. Aus ihren Augen perlt Wein. Ihre Fußspuren hinterlassen Goldstaub auf den Dielen, und die alten Wunden verschwinden. Die alten Krankheiten. Die alten Miseren. Was für ein schöner Preis, den sie zu zahlen haben.

»Was ist, Jungchen?«, sagt Bille. »Du müsstest die Kartoffelmänner doch kennen. Die Dinger haben mir das Leben gerettet. Euch hat Johanne das Leben geschenkt, aber meins hat sie gerettet – mit einem Kartoffelmann. Ich finde, das macht uns zu Verwandten.«

Sie setzt sich zu den beiden. Klaubt einen Kugelschreiber hervor. Bemalt die Kartoffel mit Augen. Einem Lächeln. Mit Händchen, die es sich gemütlich vor den runden Bauch hält.

»Blutsverwandte. Die sich Anekdoten von früher erzählen.« Bille holt aus. Laut und heiter. »Ja du, weißt du noch damals, als der Onkel über den frischgedeckten Ostertisch geniest hat, auf dem die Tante gerade den Aufschnitt für das Frühstück platzierte. Und der Onkel niest sein überraschtes und ungeniertes Onkelniesen darüber. Seeschnupfen. Nie auskuriert. Und da schauen alle ehrfürchtig den Bazillen beim Fliegen zu und beim Landen auf den frischen Sachen, und die Tante räumt sofort alles wieder ab. Schmeißt Lachs und Käse, gepfefferte Tomaten, den Schinken, die aufgeschnittene Melone, das ganze vollgenieste Zeug, schmeißt alles in einem Rutsch in den Müll. Und die Porzellanplatten gleich hinterher. Keiner sagt was. Keiner muckt. Der Onkel räuspert sich und sagt, er holt dann mal Bier. Jeder kriegt eine Flasche. Auch die Kleinkinder. Die nippen nur. Die Schulkinder wagen schon mal einen richtigen Schluck und liegen später beduselt im Gras. Ja, da grinst ihr«, sagt Bille. »Das ist ja auch zum Grinsen.«

Bille lässt das Kartoffelmännchen über die Tischplatte wandern. »Aber das sind die Geschichten der Blutsverwandten. Aber die Herzverwandten, die erzählen auch die anderen Geschichten. Solche Geschichten, Johanne-Geschichten. Hört zu, verdammt noch mal.

Also, Johanne und ich lernten uns kennen, wie niemand einander kennenlernen mag. Wir gingen schon in eine Klasse, eine Schule, aber für mich gehörte sie zu den Unerreichbaren. Sie war klug und verstand, was die Lehrer sagten. Ich konnte mich nie richtig konzentrieren. Ewig hatte ich Schorf an den Knien, weil ich so ungeschickt war und ständig hinfiel. Und war ich hingefallen, schubste mein Vater mich noch mal hin, weil er meine Tollpatschigkeit hasste. Er hasste alles an mir. Ich war eine Bürde, die ihm überall im Weg war und deswegen auch mal gegen das Waschbecken stolpern musste oder gegen den Türrahmen. Oder mit dem Kopf unter den kalten Wasserhahn musste. Oder gegen die Wand flog.

Ich saß also immer mit meiner Unzulänglichkeit beschäftigt in der Schule und verbrachte alle Stunden ohne nennenswerte Erkenntnisse. Ab und an schlugen mir die Lehrer Hefte auf den Kopf, und die Kinder lachten mich aus. Aber alsbald der Lehrer mir den Rücken zuwandte, streckte ich ihm die Zunge heraus oder drehte ihm eine lange Nase. Dann lachten die anderen nicht mehr über mich, sondern mit mir. Weil das dumme Vieh an Mitläufern immer irgendwen braucht, den es auslachen kann. Weil es immer irgendwen braucht, den es fertigmachen und über den es herziehen kann. Das wird auch bei den Erwachsenen nicht besser.

Einmal bin ich dann Johanne angegangen, sie solle mich die Hausaufgaben abschreiben lassen, weil ich die mal wieder nicht hatte. Johanne hatte mich nur angeschaut und gefragt, warum ich sie denn nicht gemacht hätte, warum ich eigentlich nie meine Hausaufgaben machen würde. Warum um alles in der Welt ich den einfachsten Kram nicht auf die Reihe bekäme. Ich zog sie daraufhin an den Zöpfen. Es sollte weh tun, aber Johanne war schön und ich zog gar nicht fest. Sie hatte so wundervolles Haar. Meine Hände blieben wie von selbst darin hängen. Dicke Zöpfe, ganz sorgfältig geflochten wie ein kostbares Seil. Meine waren immer schon dünn. Und heute guckt die Dachpappe durch.«

Bille fasst sich an den Kopf. Ihr Haar ist wirklich sehr dünn. Fedrig. Ihre Kopfhaut darunter schimmert rosa-silbrig. Alle hängen mittlerweile an ihren Lippen, sind in die Küche geströmt. Es ist, als würde sich Dunkelheit um Bille sammeln. Bald schon, als spräche sie aus weiter Ferne. Ihre Gestalt rückt von ihnen fort und in die Tiefe eines Raumes hinein, der wächst, während sie spricht, der sie verschluckt, während sie spricht. Und während die alte Bille allmählich verschwindet, tritt Schritt um Schritt das Mädchen näher, das sie einmal gewesen ist. Tritt in den kleinen Lichtkegel, der wie auf einer Bühne auf sie wartet. Tritt vor Adam und Linne. Vor Micha und Steve. Ein Mädchen mit Ringen unter den Augen und nervös gekauten Lippen. Mit einem drahtigen Überlebenswillen. Dieses Mädchen, das von Johanne gefunden wurde. Johanne, die klug und heiter war. Wie alt. Beide acht.

Bille und Johanne

Sie trafen sich das nächste Mal, als Bille auf dem Pfosten ihres Zaunes stand und es nicht freiwillig tat, sondern tun musste und sich schämen sollte, weil sie wieder tollpatschig gewesen war. Zwei Nachbarsjungen hatten sie schon geärgert und halbherzig mit Steinen beworfen. Aber Bille jammerte nicht und ließ die paar Steinchen, die spitz gegen ihre Beine prasselten, über sich ergehen. Sie war ganz anderes gewohnt. Als Johanne auftauchte, verzogen sich die Jungs. Waren ohnehin bereits gelangweilt.

Bille brannte vor Scham. Lieber wäre sie weiter gedemütigt worden, als von Johanne gemustert.

Johanne blieb stehen und schob die hellen Kieselsteine mit den Fußspitzen zur Seite. Sie gab sich unbeteiligt, hatte aber längst Billes Vater hinter der Gardine gesehen, der dort Wache hielt und sicherging, dass Bille sich nicht vom Fleck rührte.

Bille überlegte vorzugeben, dienstags grundsätzlich auf Zäunen zu stehen und überhaupt, was ginge es Johanne eigentlich an. Aber Bille sah auch, wie eine große Wut in Johanne wuchs, die ja schon oft die Blutergüsse auf ihr gesehen hatte. Beim Sportunterricht. Auf dem Pausenhof. Jetzt hatte sich in Billes Mundwinkel erneut etwas Blut gesammelt und war dunkel eingetrocknet. Johanne wusste und jeder der umliegenden Nachbarn, die sich darüber ausschwiegen und aufgrund ihres Schweigens und ihrer Feigheit in der Hölle schmoren sollten, alle wussten, dass Bille nicht aus Spaß dort oben stand, mit den Sandalen, die zu klein geworden waren, sodass vorne die Zehen über die Sohle hinausragten.

Johanne wusste es. Bille wusste, dass Johanne es wusste. Und Bille kamen die Tränen. Da ging Johanne an die Tür klingeln. Der Vater war da, trotzdem dauerte es, bis er öffnete. Aber Johanne war ohne Angst und ließ sich auch nicht täuschen, als er sie anschnauzte. Sie sah nur einen Körper in ausgebeulter Freizeitkleidung und darüber einen Klumpen, gar kein Gesicht, sondern nichts weiter als einen zerfließenden Haufen Wachs. Denn Menschliches konnte und mochte sie gar nicht in dem Kerl sehen, der so großes Unheil über ein Kind brachte. Ein Klumpen also. Und vor einem Klumpen musste man ja keine Angst haben. Sie fragte den Klumpen, ob sie mit Bille spielen dürfe.

Johanne vertiefte die Freundschaft zu Bille. Ob die es wollte oder nicht. Aber natürlich wollte sie. Billes Vater tolerierte die Freundschaft. Wohl auch, weil Johanne fast immer Geschenke mitbrachte. Zigaretten oder ein Bier. Sie hob Geldscheine vom Gehweg auf und fragte, ob sie dem Vater womöglich aus der Tasche gerutscht waren. Dabei hatte sie das Geld vorher selbst dort hingelegt. Der Vater behauptete natürlich, es wäre seins. Ach, vielen Dank und komm doch rein. Bille beobachtete das alles und konnte sich keinen Reim darauf machen. Wo sie doch auch viel lieber bei Bille daheim war, bei der es mittags warmes Essen gab. Wo auf dem Küchensofa, sommers wie winters, bei der Heizung die Oma saß, schon neunzig Jahre alt, und mit ganz weichen Wangen Geschichten aus Zeiten erzählte, in denen es noch keine Toiletten im Haus gegeben hatte und die Tinte im Tintenfass gefroren war und man sich als Schneiderin sein Geld verdienen musste. Solche Sachen. Bille mochte stundenlang zuhören. Indessen trug Johanne die leergegessenen Teller zur Spüle und flüsterte mit der Mutter. Warum Johanne also umgekehrt unbedingt zu Bille wollte, verstand das Mädchen nicht. Billes Zuhause war karg und lieblos. Bille hatte ein Zimmer, aber keinen Schreibtisch. Die Tapete war fleckig. Kartons mit Krempel wucherten die Wände empor.

Johanne klingelte trotzdem. Sie klingelte immer wieder, half Bille bei den Hausaufgaben. Half ihr, die verdreckte Küche sauber zu machen, aufzuräumen und Wäsche zu waschen, während der Vater rauchend fernsah.

Und eines Tages war es endlich so weit. Der Vater wollte aus dem Haus, gerade als Johanne zum Spielen vorbeikam. Es war ihm eigentlich nicht recht. Gerade hatte er die Tür zum Gehen geöffnet und hätte beinahe Johanne überrannt, die just hatte klingeln wollen. Es schmeckte ihm nicht, die Mädchen allein zu lassen. Aber er brauchte Zigaretten und Bier. Mit einem unzufriedenen Grunzlaut ging er schließlich, und Johanne schlüpfte hinein.

Das helle Tageslicht blieb draußen. Die beiden Mädchen standen allein im dunklen Flur und beiden schlug das Herz im Hals. »Los«, sagte Johanne schließlich und nahm Bille an die Hand. So eindringlich ihr Blick. »Zeig mir, wo du steckst, wenn ich nicht da sein kann.«

Denn Johanne kannte die dunklen Ringe unter Billes Augen. Angst und Müdigkeit. Dass sie nie ihre Hausaufgaben schaffte und manchmal auch nicht den Weg zur Schule.

Bille zögerte nur kurz. Dann schritt sie zur Kellertür. Das Türblatt war vom vielen Öffnen und Zuschmeißen mitgenommen. Zersplittert an den

Rändern. Um die Klinke hatten tausend Handgriffe Spuren hinterlassen. Das Wichtigste aber war der Schlüssel im Schloss. Groß und schwer, ganz abgewetzt vom ewigen Gebrauch. Wie die Bronzefiguren, die sich in vielen Städten finden, die Glück bringen sollen, wenn man ihnen im Vorübergehen über die Schulter streicht, den Arm oder das Haupt. Und die Stellen von den vielen hoffnungsvollen Berührungen golden glänzen. Von den glücklichen Gedanken, den gewohnheitsmäßigen Stoßgebeten, von einer Zärtlichkeit berührt und verändert. Mit den Jahren. Und hier das nun auch bei diesem Schlüssel, der jede Hoffnung negiert. Der zeigt, wie qualvoll lang ein Martyrium sein kann. Wie wiederholt und wiederholt und wiederholt ein Mensch zerstört wird. Ein glänzender Schlüssel.

Mit dem Zugschalter an einer nackten Glühbirne machte Bille Licht auf der Treppe. Hinab waren es nur ein paar Stufen. Der Keller war nicht sehr groß. Das Licht nicht sehr hell. Das meiste lag im Dunkeln.

Bille machte eine Geste. Eine unbeholfene Einladung näher zu treten, als gälte es, eine Wohnung zu besichtigen. Unter der Stiege standen die Kartoffelkisten. Es lagen ein paar staubige Kissen dort. Johanne sah, sie verstand und es schauderte sie.

»Lässt er dir Licht?«, fragte sie tonlos.

»Manchmal«, sagte Bille.

»Wie lange ...«, Johanne brach ab. Wie lange Bille hier unten bleiben musste, hatte sie fragen wollen, aber die Antwort lag in Billes gebrochenem Blick. Hier unten gab es keine Zeit. Alles, was der Mensch messen konnte, hatte hier unten, hatte in diesen Kellern, in denen die Verborgenen darbten, jegliches Maß verloren, jede Berechnung eingebüßt.

Johanne kniete sich auf die Kissen. Vorsichtig. Es mochte für Bille wichtig sein, wie man sich in ihrem Verließ verhielt. So saßen sie eine Weile. Es hätte ein Spiel sein können. In einem anderen Leben.

Dann schien sich Johanne mit einem Mal an etwas zu erinnern und durchsuchte die Kisten, bis sie eine Kartoffel fand und hervorholte. Die Kartoffel war dick und rund mit einer zweiten Auswölbung, wie der Kopf eines Männchens. Johanne hatte einen Stift zur Hand und zeichnete der Figur ein Gesichtchen, Arme und Knöpfe auf einer gemütlichen Joppe. Dann kramte sie mehr Kartoffeln hervor. Bezog Bille in die Auswahl mit ein. Sie erschufen Geschwister. Oma, Opa, eine Mutter. Sie bestaunten die kleine Familie, ließen sie reden und tanzen und spielten lang. Sie lachten in diesem Raum, der kein Lachen kannte. Es war witzig und kostbar und Bille wusste, es würde ihr für immer ein Trost sein.

»Später schenkte sie mir noch eine Taschenlampe«, sagt Bille. »Aber ich habe sie selten benutzt. Johanne war alles Licht, das ich brauchte.«

Kaum hat Bille ihre Erzählung geendet und findet ihren Schmerz in den Gesichtern der Zuhörer wieder, überkommt sie eine große Erschöpfung und sie sinkt um.

Schnell ist Brassert zur Stelle und fängt sie auf. Bille ist leicht. Es ist erstaunlich, wie ein so kleiner Mensch so gewaltig stinken kann. Brassert trägt sie zu Adams Bett, auf dem sie seit ihrer Ankunft schlafen darf und überhaupt nicht damit zurechtkommt.

Es ist Nacht geworden, ohne dass einer von ihnen es gemerkt hätte. Aber Bille zieht Adam am Hemd zu sich und flüstert ihm eine Bitte ins Ohr. Etwas aus dem Wagen will sie haben. Adam nickt und lehnt sich aus dem Fenster. Der Einkaufswagen hängt noch immer wie ein hässlicher, sehr ungewöhnlicher Blumentopf unter ihrer Fensterbank. Ein muffiger Geruch steigt daraus auf. Adam betastet und sucht in den Taschen und erschrickt, als sich aufgrund des Geraschels ein Gesicht von weiter unten zu ihm hinaufwendet. Ein schmales, an harte Schwarz-weiß-Fotografien erinnerndes Gesicht. Es ist Ginster, der seinen Posten bezogen hat. Adam und er verharren also und starren einander an. Beide fühlen sich ertappt. Dabei vergisst Adam, sein Gewicht nicht auf dem Wagen lasten zu lassen. Die Seile geben nach. Ein reißendes Geräusch, ein Ruck, dann kippt der Wagen, erste Beutel fallen in die Grube. Jetzt reißt auch das zweite, das dritte Seil, bis der Wagen abstürzt und auf Ginster zu, der reglos mit seinem Schreibblock in der Hand das Unheil auf sich zusausen sieht, sich aber nicht rühren kann. Er wird getroffen, zum Glück nicht erschlagen. Ginster sinkt um, während der Wagen, bislang noch gehalten durch ein einziges Seil, einen schwungvollen Bogen beschreibt und mit enormer Wucht in das nebenan befindliche Stromhäuschen kracht. Funken sprühen. Ein Prasseln. Und die Lichter der Stadt erlöschen, derweil Billes Hab und Gut in Flammen aufgeht.

Die Straßen liegen im Dunkeln. Ringsum erklingen Ausrufe der Empörung und des Schreckens. Gleich werden Sirenen durch die Nacht gellen. Wird hier und da Ärger oder Panik losbrechen. Werden sich Untergangsbeschwörer bestätigt fühlen. Einige wiederum werden den Untergang verschlafen.

Adam dreht sich zu den anderen um. Schaut in

die Dunkelheit des Zimmers, die wunderbarerweise keine Dunkelheit mehr ist, denn alle in diesem Raum glimmen, als wären Herzen und Seelen aus Licht gemacht. Und als Adam an sich herabschaut, weiß er, dass Johanne dieses pulsierende Licht in seinem Inneren gesehen hat. Das er jetzt in anderen sehen darf. Es ist schön, und er lächelt.

»Was war das für ein Geräusch?«, fragt Bille matt.

Da fällt Adam der Mann wieder ein. Der Mann, der den Wagen an den Kopf bekommen hat.

Adam rennt zur Tür. Die anderen ihm nach. Draußen stolpern die Nachbarn über die Brocken der Baustelle, stehen in kleinen Gruppen. In den Straßen murmeln und wispern die Menschen. Eine Abwechslung, so eine dunkle, stille Nacht. Eine Erholung für die bildschirmmüden Augen. Für die neuigkeitengeplagten Köpfe. Für die überanstrengten Seelen. Und erst in der verdunkelten Stadt, erst als alle Lichter gegangen sind, lassen sich die Perseiden schauen. Der Sternschnuppenregen. Ja, an den hat man schon seit Jahren nicht mehr gedacht. Da stehen sie Rücken an Rücken und tragen Glück auf ihren Gesichtern. Was für eine Erleichterung, sich einmal auflösen zu dürfen. In den stürzenden Sternen erhoffen sie sich Botschaften und Zeichen. Wenn sie doch bloß die Zeichen in sich suchen würden. Würden sie doch ihre eigenen stürzenden Sterne sehen.

Adam braucht keine Taschenlampe, um Ginster zu finden. Stöhnend liegt der am Boden. Micha und Linne, Brassert und Steve sind Adam hinterhergestolpert.

»Was ist mit ihm?«

»Wer ist das?«

»Ich kenne ihn.«

»Schafft ihn hinauf.«

Was sie auch tun. Natürlich misstrauisch von den Kalsters beäugt. In der Wohnung legen sie Ginster auf das Sofa. Einmal öffnet er die Augen. Jedoch, als er die Gesichter der Mohns erkennt, kneift er sie gleich wieder zu. Wie hat er das denn geschafft, fragt er sich fassungslos. Wie soll er hier wieder rauskommen? Und wie zum Teufel soll er das seiner Behörde erklären?

Die Mohns wechseln einander ab, um nach ihm zu sehen. Schauen auch bei Bille nach dem Rechten. Dann werden alle ruhig und immer ruhiger, ziehen sich in sich selbst zurück und schlafen bald.

Adam jedoch öffnet noch einmal die kleine Vitrine mit Johannes Tagebüchern. Wie köstlich es schimmert, während er die Seiten umblättert. Wie Blütenstaub rieselt es aus den Seiten und stiebt auf bei jedem Atemzug, den Adam tut. Behutsam trennt er ein Blatt aus dem Tagebuch. Er dreht und wendet es in den Händen, und selbst wenn er wollte, könnte er die Zeilen nicht lesen, denn wie Glühwürmchen steigen Buchstaben auf, verteilen sich im Raum, tanzen zu den geöffneten Fenstern hinaus. Wie schön, denkt Adam. Heute muss er die Seite nicht essen. Heute hat er die Worte und Sätze freigelassen. Er hält das Blatt vor die Brust gepresst und hält es lang. Es ist warm und glatt und beinahe fühlt es sich an wie Haut.

Vierter Bericht

Was ist nur mit mir los. Ich weiß nicht, ob ich diesen Bericht überhaupt losschicke. Ich schreibe ihn in meinem Kopf, während ich auf dem Sofa der Mohns liege. Auf ihrem blöden Sofa und pinkeln muss, mich aber tot stelle. Also halbtot, weil ich nicht weiß, was ich machen soll. Gibt es überhaupt einen, der diese Berichte liest? Oder lesen wir Trauerbeamte alle nur gegenseitig unsere Berichte und heften sie ab, und allen ist es total egal. Vielleicht spare ich mir eine Erklärung. Vielleicht warte ich, bis ich bewiesen haben werde, dass ich mich zwar wie ein Versager aufführe, aber keiner bin. Vielleicht tue ich einfach so, als hätte ich mein Gedächtnis verloren. Vielleicht tue ich einfach so, als würde ich sie mögen. Ich kann mich ganz gut verstellen. Das habe ich schon als Kind bewiesen.

Ich war nicht sehr beliebt. Nach der Schule war ich oft allein und bin auf der alten Stadtmauer spaziert. Habe beim Bauern vorbeigeschaut. Der hatte Hühner und Lämmer. Und es gab diesen Süßigkeitenladen. Hatte man Taschengeld übrig, kaufte man sich etwas. Ein Tütchen saure Gummischlangen. Lakritz. Esspapier. Die immergleichen Burschen lauerten einem dann auf und nahmen einem die Süßigkeiten weg. Es wäre weniger schlimm gewesen, hätten sie einem zuvor einfach das Geld geklaut. Aber so hatte man ja schon investiert. Hatte Entscheidungen vor den hohen Süßigkeitengläsern gefällt und wieder verworfen. Hatte das Geld immer wieder geprüft, das dadurch leider nicht mehr geworden war. Hatte mit seiner Auswahl gerungen und sich schließlich gefreut. Und kaum war man hinaus ins Sonnenlicht getreten, kamen diese Strolche, nahmen einem alles weg und fraßen es auf.

Andere Kinder hätten vielleicht um Hilfe gebeten. Sich mit ihren Freunden zusammengetan. Nun gut, ich hatte keine. Vielleicht hätten an-

dere Kinder trainiert. Eine Verteidigungssportart geübt. Karate oder Judo, oder wären zum Boxtraining gegangen. Ich wusste, wenn ich mich zur Wehr setzen würde, hätte das Konsequenzen. Und Konsequenzen folgen grundsätzlich einem logischen Prinzip und bleiben in einer Kategorie. In diesem Fall also der Kategorie Essen. Würde ich mich mit Körperkraft wehren, würde ich gequält werden. Meine Demütigung würde mit Essen zu tun haben. Zwei Möglichkeiten kamen mir in den Sinn. Erstens: Man würde mich mit einem Übermaß an Süßigkeiten stopfen. Zweitens: Man würde mich dazu zwingen, eklige Sachen zu essen.
Die Idee der ersten Möglichkeit verwarf ich rasch. Die zweite Möglichkeit war die richtige. Also übte ich, aß Vergorenes, Verdorbenes, Käfer, Regenwürmer, Schnecken, leckte Frösche ab, trank aus Pfützen, aß Hundefutter. Es verdarb mir wohl für immer die Freude am Essen, aber ich war gewappnet. Und das war das Wichtigste.
Sind nicht alle zu hassen, die unbeschadet durch diese Welt kommen?

Wie unterschreibt man im eigenen Kopf?

29.

Am nächsten Morgen machen sich Techniker an dem Elektrohäuschen zu schaffen. Entwirren verkohlte Kabel, entfernen den demolierten Einkaufswagen.

»War auch mal Zeit für einen neuen«, sagt Bille ungerührt.

Die anderen tauschen Blicke.

»Und woher?«

»Vom Supermarkt.«

»Klar.«

»Wer geht?«

»Wir alle.«

Aber das ist schlechterdings nicht möglich. Was soll mit Ginster geschehen, der noch immer schläft oder vielleicht nur so tut, da sind sich die Mohns inzwischen auch nicht mehr so ganz sicher. Wenn sie nach ihm schauen, stöhnt er schmerzgepeinigt, aber der vorsichtig abgestellte Imbiss – eine Kanne Tee und Gurkenbrote – ist doch vollständig verzehrt, schaut man später wieder rein. Allmählich ahnen sie wohl, dass er nur den Ohnmächtigen mimt, aber sie ahnen nicht, dass er es aus Verzweiflung tut. Und weil die Mohns inzwischen jeder Schrulle gegenüber nachsichtig sind, zeigen sie auch bei Ginster ein Übermaß an Geduld.

Während Ginster auf dem Sofa der Mohns liegt und sich schlafend gibt, wälzt er Gedanken hin und her. Ihm läuft die Zeit davon. Denn zum einen muss er dringend auf die Toilette, zum anderen wird diese Familie wohl bald misstrauisch und könnte vielleicht einen Arzt zurate ziehen. Außerdem muss er sich regelmäßig beim Amt melden, und den im Kopf verfassten Bericht hat er schon längst wieder verworfen.

Der Druck auf der Blase ist jetzt unerträglich. Sein Stöhnen hört man durch die Tür.

Die Mohns kommen überein, sich aufzuteilen. Die einen werden mit Bille gehen und einen neuen Wagen organisieren. Steve und Marlene haben sich bereit erklärt, auf Ginster zu achten und die Wohnung zu hüten, die inmitten der aufgerissenen Gräben, zwischen den hungrigen Baggern, den maroden Oberleitungen und Kabeln wie eine letzte Festung wirkt.

Steve und Marlene hocken in seinem Zimmer. Ab und an schaut einer nach Ginster, der sich immer noch in den Sofakissen verbirgt, wie ein Kind, das vorgibt, krank zu sein, um nicht in die Schule zu müssen.

Marlene erzählt von ihrer Arbeit. Dass dort im Eingang die Beinprothesen eines Mannes ausgestellt sind, der über die Jahre mit immer ausgefeilteren Prothesen ausgestattet wurde. Nun hängen seine alten Beine als Anschauungsmaterial in der Praxis. Den neuesten Carbonschnickschnack hat er auf Rezept bekommen, ist aber nicht glücklich mit dem neuen Bein, das so viel jünger ist als er. Er mag es nicht anprobieren. Was soll ich denn mit so einem jungen Ding, schimpft er, das läuft ja ohne mich los, sagt er. Das hat ja noch gar nichts erlebt. Da hat ihn die Kraft verlassen. Jetzt sitzt er im Rollstuhl, und sein nagelneues Bein steht schwanzwedelnd an der Tür und möchte Gassi gehen.

»Es tut mir fast schon leid, das Bein«, sagt Marlene.

Steve lacht und versteht, Marlene macht die Leute ganz.

Es bleibt eine Stille, in die hinein Marlene ihr rechtes Hosenbein vom Knöchel aufwärtszieht und wiederum ihr eigenes, tatsächlich künstliches Bein zeigt. Steve schluckt.

»Mich musste man auch ganz machen«, sagt sie. »Mich hat auch etwas halbiert im Leben. So ein Automensch, der bei Regen schneller nach Hause fahren muss, als jeder nassgeregnete Fußgänger. Wo er doch in Sicherheit ist, in seinem aufgebockten Auto, das alles bis hinauf zur Größe eines Pferdes überfahren kann und es selbstredend auch tut. Ist ja versichert. Vor Gericht wollte der sich auch nicht einsichtig geben. Ich sei schuld gewesen, die jungen Leute eben. Aber wir haben ihm dann doch eine Entschädigung aus dem Kreuz geleiert: Er musste meinem Bein eine Bestattung bezahlen.«

»Deinem Bein?«

»Ja. Es ruht in Frieden und wartet auf den Rest, der da noch kommt. Mit einem Bein im Grab. Sagt man das nicht so?«, witzelt Marlene, aber als sie Steves Beklommenheit merkt, setzt sie hinzu: »Den Teufel werde ich tun, und mich dereinst in ein Grab legen, das so ein Arsch gekauft hat. Ich wollte nur, dass er an mich denken muss. Und da mein Bein-Grab direkt neben dem Grab seiner Eltern liegt, hoffe ich, er hat Gelegenheit.«

»Ein gelungener Coup«, sagt Steve.

»Und erst der Grabstein. Habe ich mir was kosten lassen. Natürlich ihm in Rechnung gestellt.«

Steve fragt gar nicht erst. Aber er sieht ihn trotzdem vor sich, den Grabstein, der vielleicht, nein, ganz sicher sogar, die Form eines Beins samt nacktem Fuß hat. Weißer Marmor, der vor den Zypressen eines modrigen Friedhofs leuchtet. Feuerkäfer, die über das symbolische Marlenebein krabbeln und zwischen dessen Zehen zu Paaren werden. Das amüsiert Steve. Und verwirrt ihn gleichermaßen.

Sie liegen auf Steves Bett, über dem sich ein Mobile kaum wahrnehmbar dreht. Es besteht nur aus zwei Verstrebungen und weißen Papieren, die weder zurechtgeschnitten noch bemalt sind. Es ist beruhigend, dem Mobile zuzuschauen. Es ist beruhigend, dass Marlene dabei raucht. Es ist beruhigend, einander bei den Händen zu halten und erst einmal nur diesen Schritt zu wagen in einem Universum, in dem die Entfernungen groß sind und Entwicklungen so langsam, dass der Gedanke an einen Kuss möglicherweise seinen Anfang in der Kreidezeit hätte nehmen müssen, um im Hier und Jetzt gewagt zu werden. Marlene lässt ihren Rauch zu den Blättern aufsteigen.

»Weißt du eigentlich«, beginnt sie schließlich, »deine Mutter und meine, die kannten sich.«

»Unmöglich.«

»Kaum vorstellbar.«

»Erzähl schon.«

»Auf keinen Fall.«

Steve hebt den Kopf aus dem Kissen. Er versucht eine Drohung, die aber nicht gelingt. Sie lachen beide.

»Meine Mutter, die war ein ziemlicher Freak«,

sagt Marlene. »Sie ist in den Wäldern herumgeschlichen. Ganze Tage. Hat sich in Laubhaufen gegraben. Ständig hingen die Zecken an ihr, war sie mückenzerstochen, hatte sie Dreck unter den Nägeln und Wunden an den Füßen, weil sie barfuß und singend durch die Natur gestapft ist.«

»Das fand die Natur nicht gut?«

»Du hast sie nicht singen hören«, sagt Marlene.

»Meine Schwester ist zehn Jahre älter als ich. Und als meine Mutter mit ihr schwanger war, da war sie besonders oft im Wald und wollte dort gern entbinden. Allein. Im Wald. Und dabei hat sie dann Johanne getroffen. Oder Johanne hat sie gefunden. Meine Mutter hat es mir oft erzählt. Der Wind massierte die Bäume. Die Blätter grün und fleischig. Bereits ledrig von zu viel Frühlingssonne. Der Tod war ihnen schon eigen. Johanne streifte durch die Baumgruppen. Sie kannte das Waldstück sehr genau. Zwischen trockenen Tannen lag ein kleiner Tümpel. Im Sommer hätte man darin baden gehen wollen. Aber er war voller Blutegel. Und an den jungen Bäumen fanden sich Spuren. Rehe wahrscheinlich. Obgleich der Boden keine Fährte verriet.«

Während Marlene spricht, steigen Waldgerüche auf. Rauschen unsichtbare Blätter. Erklingt das Klopfen eines Spechts. Jedes ihrer Worte scheint lebendig zu werden.

»Wie sprichst du denn plötzlich?«, fragt Steve beklommen.

»Ich erzähl doch nur«, sagt sie.

»Ich weiß nicht.«

Marlene zieht an ihrer Zigarette.

»Willst du es nun hören oder nicht?«

Steve schließt die Augen.

Marlene und Johanne

Aber dann hörte Johanne noch etwas. Am Ufer dieses Tümpels hockte eine Frau, die trug das Haar kurz und war halb nackt mit stark gewölbtem Bauch und war wimmernd und angeekelt damit beschäftigt, sich Blutegel von den Armen zu pflücken, von den Beinen. Johanne erstarrte für einen Moment. Sie sah die nächste Wehe kommen, bevor die Frau sie spürte. Es war, als zöge sich für einen Augenblick das Universum in schwarz-lila Spitzen um die Frau zusammen, um sich im nächsten Moment ein Stückchen weiter aufzublähen, als schaffe es Kraft und Raum für das neue Lebewesen, dessen Hoffnungen, Wünsche, Träume, und als wisse es von seiner Existenz. Und nachdem diese Welle durch Sterne und Wald gedrungen war, schob sie im Leib der Frau das Kind voran, dem Leben entgegen, und die Gebärende klagte unter der Wucht des Schmerzes, der seltsam erhaben ihren Körper fremdbestimmte.

Gleich war Johanne bei ihr und sammelte wie

selbstverständlich die Blutegel von jenen Körperstellen der Frau, die diese selbst nicht erreichen konnte. Sie war gerade damit fertig, als die Wehen kaum noch Pausen fanden und der Druck unerträglich wurde. Viel sprachen sie nicht. Was gäbe es schon zu sagen. Johanne war ein Kind ohne Telefon. Sie war zu Fuß weit von ihrem Vater und dessen Arbeit entfernt. Er pflanzte Bäume. Fünfzig Flatterulmen setzte er in die Erde.

In den Augen der Frau glühte die Furcht, allein zu sein. Sie war sich ihrer Sache so sicher gewesen, nun aber von allen Gefühlen überrumpelt. Johanne war ihr Rettung und Halt. Und sie dachte gar nicht daran, dieses Mädchen loszuschicken, damit es Hilfe würde holen können. Sie blieben beide allein im mückensurrenden Wald und irgendwo zwischen angelesenem Wissen und ungeahnten Instinkten brachten sie das Kind auf die Welt. Johanne mochte es nicht anfassen. Aus Ehrfurcht. Das Kind hatte eine Reise hinter sich und trug noch Spuren auf seiner Haut. Sie wollte die Spuren nicht verwischen. Aber von dem Tag an wusste sie, dass sie einmal Kinder haben würde.

Später gingen sie zu Johannes Vater. Da hatte sich die Frau erholt, ein blaues Tuch um sich und das Kind geschlungen. Bei sich nannte Johanne sie die Blutegelmadonna.

Und weißt du, alle Bäume, die an diesem Tag gepflanzt worden waren, trugen in den Jahren darauf und bis heute schneeweiße Blätter.«

Marlene zündet sich eine neue Zigarette an der alten an. Steve hat hinter seinen geschlossenen Lidern den Wald gesehen und die Bäume. Das Kind und das Universum.

Jetzt öffnet er die Augen. Still liegt er neben Marlene unter dem Mobile, und es wäre denkbar, für immer so liegen zu bleiben und darauf zu warten, dass die Papiere sich verfärben oder Fliegen mit ihren Schritten darauf Geschichten zu erzählen begännen.

Stattdessen springt Steve aber plötzlich aus den Laken, stürmt hinaus, kehrt zurück, hat ja Marlene vergessen, zieht sie empor und erneut hinaus. Aus der Wohnung, die Treppe hinab, und weil Steve es eilig hat, so eilig, aber nicht berichtet, weshalb, Marlene jedoch nicht schnell genug folgen kann, ruft Steve nur: »Longboard!«

»Ich kann nicht Longboard fahren«, sagt Marlene.

»Sicher kannst du«, sagt Steve unbeirrt und nimmt sie huckepack, rennt los, die Straße entlang, und über jede Schwelle im Asphalt macht er einen Sprung.

Und Marlene lacht ihm ins Ohr und hallt in ihm nach, als zöge sie in ihm ein, als würde ihr Lachen bei ihm wohnen, und er könnte es sich in eine Vase auf den Tisch stellen und für immer bliebe das Kichern in seinen Räumen, auf jeden Fall in seinem Herzen.

So erreichen sie die Eiche. Jenen Baum, der von Raupen nach wie vor besiedelt und gequält wird. Steve setzt Marlene behutsam ab, wischt sich den Schweiß von der Stirn.

»Was ist mit ihm?«, fragt Marlene.

»Es geht vorbei«, sagt Steve. Er stemmt die Hände in die Seiten und schaut seinen Baum an, seinen Geschichtenerzähler, seinen verwundeten Freund.

»Ich höre dich trotzdem!«, ruft er ihm zu. »Und wenn es vorbei ist, dann klettere ich hinauf und baue ein Haus in deinen Zweigen!«

Sie stehen noch lange und schauen dem Baum zu, der still und stumm die Raupen erträgt. Marlene lehnt sich an Steve, und er legt seinen Arm um sie.

30.

Auf dem Weg zum Supermarkt stellt sich im aufgeregten Gezwitscher untereinander schnell heraus, wie sehr sie alle Gauner-Filme lieben. Es hätte ihnen sehr gefallen, im Gänsemarsch über Dächer zu laufen. Stolz und leise, vor einem großen, bleichen Mond, der ihre Silhouetten scharf zeichnete. Sie hätten die verwegenste Route gewählt. Gerade Micha beklagt die mangelnde Notwendigkeit für Hilfsmittel oder eine detailreiche Planung. Es ist so schrecklich simpel. Alles, was sie brauchen, ist eine Münze und der Weg zum Supermarkt.

Und da sind sie nun, suchen Versteck und müssen sich auf mehrere dünne Hecken verteilen, in denen es nach Urin stinkt. Ihr Beobachtungsposten liegt jener Überdachung gegenüber, hinter deren blinden Scheiben die Einkaufswagen angeschnallt stehen und einzeln ausgelöst werden. Das ist Billes Schatzkammer, ihr Louvre, das Grüne Gewölbe. Sie ist ganz aufgeregt, und Micha ist es auch. Was würde Adam darum geben, Micha einen Helden schenken zu können. Kinder wie Micha brauchen Helden und Halbgötter, die ihre Hilfe anbieten oder sogar selbst Hilfe benötigen. Bärengroße Wikinger, die versehentlich aufgetaut wurden und ohne Micha den Alltag im Heute nicht bestehen können. Oder Außerirdische, die Funksprüche aussenden, die Micha zufällig mithilfe seiner Zahnspange empfängt. Mütter, die nicht einfach sterben, sondern bleiben und genau wissen, dass die Comicsammlung auf Leben und Tod nicht angerührt werden darf.

Stattdessen hocken sie in den kümmerlichen Beeten einer Supermarktkette. Verzweifelt reibt Adam sich die Stirn, aber Micha bleibt begeisterungsfähig und lässt sich von Billes Eifer anstecken, die jeden Wagen, der von einem Kunden ausgelöst wird, ob seiner Beschaffenheit beurteilt.

»Was ist mit dem?«, fragt Micha.

»Schiebt sich zu schwer. Liegt am rechten Vorderrad.«

»Und der?«

»Griff abgewetzt.«

»Der?«

»Verrostet.«

»Und der? Der hat ein ausklappbares Gestell für Kästen.«

»Ist nur auf den ersten Blick von Vorteil. Destabilisiert auf Dauer aber den ganzen Wagen.«

So geht das eine Weile. Für Adam sehen alle gleich aus. Aber dann vergisst Bille plötzlich ihre Deckung und springt mit einem kurzen Schrei auf. Steve und Adam reißen sie sofort zurück und drücken sie erschrocken runter.

»Das ist er«, flüstert sie. »Er ist perfekt.«

»Welcher denn?«

»Das Gestänge glänzt in der Sonne. Seine Rollen laufen glatt und geraten nicht aus der Spur, er ist makellos, noch ganz neu.«

»Ich meine, wer schiebt den Wagen?«, hakt Adam entnervt nach.

»Blauer Mazda. Kariertes Hemd.«

»Zugriff in einer Minute«, raunt Micha, und alle machen sich bereit, bis auf Bille, die nicht mittun soll, ist sie doch emotional zu stark involviert.

Und als es dann getan ist – Münze einwerfen, Wagen auslösen, quer über den Parkplatz schieben und unter frenetischem Jubel Bille darbieten –, sind sie so stolz, und es interessiert niemanden, dass sie mit dem Wagen das Gelände des Supermarktes verlassen. Bille lässt sich die erste Fahrt nicht nehmen und wird vor lauter Glück noch redseliger als ohnehin.

»Kennt ihr die Geschichte von dem Hexenzeh?«

Alle sind gut aufgelegt, da müssen sie die Geschichte selbstverständlich hören.

»Also, diese Frau, die hatte so ein Ding am Zeh, von zu viel Herumstöckeln vielleicht. Jedenfalls bekam sie einen garstig entzündeten Zeh davon, der so ekelig aussah, dass sie sich selbst ekelte, ihn zu behandeln. Aber auch nicht zum Arzt ging. Monatelang nicht. Zwei Jahre nicht. Und als sie dann doch ging, weil die Schmerzen nicht mehr auszuhalten waren, da war der Zeh nicht mehr zu retten und der Fuß auch nicht. Und der Assistenzarzt ist bei der Untersuchung in Ohnmacht gefallen. Amputation – und sie hat geweint, die ganze Zeit geweint, weil sie partout und immer schon hatte Tänzerin werden wollen in ihrem Leben. Und das erzählte sie jedem. Und keiner verstand ihre Not. Immerhin war sie schon 40 und fett und hatte nicht ein einziges Mal in ihrem Leben getanzt. Aber es war trotzdem mein größter Traum!, jammerte sie. Gut. Sie erholte sich von der Operation und merkte ein paar Wochen später, dass sie sich wohl fühlte, weil sie nun ohne Sehnsucht an Ballettläden vorbeigehen konnte. Kein schlechtes Gewissen mehr hatte. Dergleichen halt. Und dann überlegte sie, welche Träume sie eigentlich noch hatte, und fand so einiges, was da noch brachlag. Nun könnte man meinen, sie hätte jetzt vielleicht angefangen, den ein oder anderen vernachlässigten Traum endlich ins Auge zu fassen. Aber nö. Stattdessen begann sie, sich selbst in Gefahr zu bringen. Riskierte Verletzungen, Verstümmelungen, um die ungelebten Träume nicht mehr antreten zu müssen. Immer schon hatte sie ein Instrument spielen wollen, nun verlor sie beim Holzhacken drei Finger. Beim Holzhacken! Wo sie natürlich gar keinen Kamin hatte. Aber ein bedauernswerter Unfall und nicht ihre Schuld vielleicht. Nicht ihr unablässiges Versäumnis. Ein weiterer Traum, den sie nun getrost ausseufzen durfte. Aber wie weit wollte sie gehen, um ihre Unschuld an all den verpassten Möglichkeiten zu beweisen?«

Die Frage bleibt jedoch unbeantwortet, denn sie erreichen die Güldene Kammer Nummer 14 und treffen dort gleichzeitig mit Steve und Marlene ein, die Hand in Hand gemächlich einherschlendern, und da ist jedem klar, an diesem gemeinsamen Auftauchen vor dem Haus kann etwas nicht stimmen. Was aber genau. Sie brauchen eine Sekunde, dann taucht es unangenehm prickelnd wie der Vorbote großer Übelkeit aus ihren Mägen auf und dringt in ihr Wissen: Ginster. Sie haben ihn allein in der Wohnung gelassen.

Die Tür steht offen. Sie wagen sich kaum über

die Schwelle. Taumeln hinein in ihre Wohnung, in der alles vorgefallen sein könnte. Aber mit dem Schlimmsten dürfen sie nicht rechnen. Das Schlimmste darf es nicht sein. Und doch kommt es eben so. Im Wohnzimmer steht die Vitrine offen und die Tagebücher liegen aufgeschlagen auf dem Tisch.

Er hat die Tagebücher gelesen.

Ginster hat die Tagebücher gelesen.

Da fällt ihr Blutdruck ab, und ihre Herzen pumpen so mühsam laut, dass sich im kaltgewordenen Tee konzentrische Kreise bilden. Bei den Kalsters die Wellensittiche aufgeregt im Käfig flattern. Nebenan die Ziegel von den Dächern springen.

Es rutscht ihnen die Kraft aus den Gliedmaßen und die Haut wird ihnen wachsweiß. Hinter Bildern, Büchern und Tapeten drückt schwarzer Schlick in alle Zimmer. Schießt zwischen den Buchrücken hervor, presst die Bildbände aus den Regalen. Pech quillt zwischen den Dielen empor, und alles beginnt zu treiben, zu ertrinken und verschluckt Linne, verschluckt Micha, die beide so zart sind. Dem Ziehen und Strudeln nicht gewachsen. Und dann gehen auch Adam und Steve unter. Allesamt gehen sie unter. Ihre blassen Leiber nur schemenhaft im dunklen Schlick, wie die hellen Bäuche von Fischen in einem trüben See.

Sonst dreht sich die Welt einfach weiter, während Ginster durch die Straßen schlüpft. Und obgleich der Abend lau ist und kein Lüftchen geht, friert er an seinem dürren Leib. Er schlägt den Kragen seines Hemdes hoch, versenkt die Hände tief in den Taschen. Was nicht hilft. Er friert.

Fünfter Bericht

Alles war aufgeräumt. Es gab überhaupt keinen Hinweis darauf, dass sich etwas zusammenbrauen könnte. Dabei war ich mir so sicher. Aber nichts war zu finden. Ich wollte ja auch nichts durcheinanderbringen. Aber dann habe ich diese kleine Vitrine entdeckt. Umrahmt von Bücherregalen. Der Schlüssel steckte. Ich war wie magisch angezogen, öffnete und fand schmale, schwarze Bände, Notizhefte, bunte Schreibhefte. Tagebücher der Verstorbenen. Ich habe sie herausgenommen. Ich habe sie auf dem Tisch ausgebreitet. Und dann habe ich sie alle gelesen.
Es gibt diesen Mann. Keine Ahnung, wie er hieß, woher er kam. Bin ihm auch nur einmal begegnet. Den habe ich bewundert. Immer wollte ich so sein wie er. Es war Winter. Es war kalt. Bei mir geschehen die wichtigen

Dinge immer, wenn ich friere. Ich stand also am Gleis und fror mir den Hintern ab. Zwei Stunden musste ich warten. Dann heilfroh, als der Zug einrollte, hoffte ich drinnen auf etwas Wärme. Alle Reisenden waren durchgefroren. Ein eisiger Wind hatte uns allen die Gesichter zerschnitten und uns die Hände an den Koffergriffen festgefroren. Auf dem Bahnsteig hatte ich den Mann zuerst nicht gesehen. Aber beim Einsteigen fiel er mir auf. Ein Geschäftsmann. Vielleicht hatte er die Wetternachrichten nicht gehört. Er trug einen leichten Mantel und darunter nur ein Hemd. Er war ganz rot im Gesicht, fast blau. Die Hände wie Krallen und lila. Und was tat er, als er das Abteil betrat, in dem alle in ihren Schals und Daunenjacken versanken und sich etwas von der Wärme zurückholen wollten, die sie während der Wartezeit auf dem Bahnsteig eingebüßt hatten, ganz ungeachtet der Tatsache, dass sie dann beim Aussteigen umso mehr frieren müssten? Er zog den Mantel aus und hängte ihn an einen Haken, blieb auf seinem Sitz, in seinem scheißgebügelten Hemd und in seiner lilakalten Haut. Was für eine Contenance. Was für eine Ergebenheit. Würde! Ich bewunderte ihn, und wollte mein Leben

lang seine Würde, sein Maß an Kontrolle über die eigenen Zuckungen erlangen. Aber inzwischen, manchmal, an schlechten Tagen, an immer mehr schlechten Tagen, die sich in meiner Einsamkeit anhäufen, frage ich mich, ob er nicht einfach nur ein Trinker war. Ein Verrückter. Und ob ich mein Leben lang an etwas Falsches geglaubt habe.
Es klopft. Ich muss öffnen. Wer das wohl sein mag. Ich kenne doch niemanden.

Gezeichnet, von dem ganzen Mist hier gezeichnet,
B. Ginster

31.

Es dauert, bis die Mohns wieder zu sich kommen. Das Haus hat sich zur Seite geneigt. Vielleicht fließt deswegen das ganze Pech wieder hinaus. Der Putz bröselt von den Wänden. Harte Risse ziehen ihre Spuren durch die Wohnung und das Treppenhaus. Die Kalsters raufen sich die Haare. Die Schmidt sucht Trost in gemeinsamer Empörung. Und als sie reihum die Nachbarn ausgebrannt hat, klopft sie bei den Mohns, und niemals ist Adam etwas schwerer gefallen, als diese Tür zu öffnen. Warum er es letztendlich macht, weiß er auch nicht.

»Ist es bei Ihnen auch so schlimm?«, fragt sie gleich, während schwarzes Nass aus der Wohnung um ihre Knöchel spült. »Haben Sie auch einen Wasserrohrbruch? Bei mir fallen die Lampen von der Decke, und in der Dusche sind die Hähne abgesprungen. Haben Sie eigentlich Gas? Ich hoffe, die Stadt stellt sofort das Gas ab. Riechen Sie das? Das riecht doch nach Gas.«

Aber Adam riecht nichts. Ist er der Methusalem dort im Flurspiegel? Dem der Bart bis zu den Hüften reicht. Dem das Muskelfleisch von den Knochen geschmolzen ist. Dem die Kleider abhandengekommen sind. Der sich erschrocken im Flurspiegel erblickt. Warum ist man nur so kurz jung und dann so lange alt? Verblüfft merkt er, dass die Tür wieder geschlossen ist. Wie lang denn schon. Hat er nicht eben erst mit der Schmidt gesprochen?

Adam öffnet die Tür wieder und merkt nun sehr deutlich, hier läuft einiges aus dem Ruder, denn auf der Fußmatte stehen Brassert und Bille und sie halten gefesselt und geknebelt zwischen sich: Ginster.

Zuerst weiß keiner so recht, was sie mit ihm machen sollen. Dann wissen es alle auf einmal ganz genau. Sie nehmen ihm den Knebel aus dem Mund, der sich schlangengleich entrollt, eine schwarze Krawatte. Sie bringen ihn in die Küche. Sie drücken ihn auf einen Stuhl, lösen seine hinter dem Rücken gefesselten Hände. Die Linke binden sie an der Stuhllehne fest, die Rechte lassen sie frei. Er weiß erst nicht, warum. Er vermeidet Blickkontakt. O Gott, was sie ihm antun werden. Er hat ein tiefes Gefühl dafür, dass seine Tat schlimm, verachtenswert und unentschuldbar ist.

War es besonders, was er las. War es verräterisch,

peinlich, womöglich unanständig, banal. Es war vor allem nicht für ihn bestimmt. Unvermeidlich wird die Bestrafung sein. Fragt sich nur, was und wie lange. Er hofft, es geht schnell.

Töpfe und Pfannen werden auf den Herd geworfen. Messer geschärft. Wasser wird aufgesetzt.

Beim Geräusch der Klingen zieht Ginster die Schultern hoch. Unwillkürlich fangen seine Knie an zu beben und hopsen unter dem Tisch herum.

Das kennt er gar nicht mehr von sich, so eine Aufregung, die das Innere annagt. So eine Aufregung hatte er vielleicht das letzte Mal mit dreizehn gespürt, als er dieses Wortlegespiel mit der frühreifen Irene spielte, die dafür berüchtigt war, über einen Wortschatz zu verfügen, als habe sie ein Sexualkundebuch auswendig gelernt.

Und während er nur Kurzworte legen konnte, mit denen sich jämmerliche Punkte sammeln ließen, legte sie endlose Begriffe, die ihm die Röte in die Ohren, und das Zittern in die Knie trieben.

Wie seltsam einfallslos doch so ein menschlicher Körper ist, denkt Ginster. Dass er bei Todesangst und Erregung dieselben Methoden wählt, um sich bereitzuhalten.

Sie sprechen nicht mit ihm. Als herrsche ein Schweigegelübde in der Küche. Vor allem die Kinder starren ihn ausdruckslos an. Sie werden es doch wohl nicht vor den Kindern tun. Es wird überhaupt keinen Sinn machen zu schreien, weiß Ginster.

Um das Haus, die Straße hinab und herauf ist ein unglaublicher Trubel. Häuser werden evakuiert. Anwohner beschweren sich. Es gibt Gerangel. Ein paar Fensterscheiben werden eingeschlagen. Der Bagger ist in ein Loch gerutscht, die Häuser sinken ab, stehen schief, geneigt und versehrt. Alte Zähne in einem alten Maul.

Aber hier oben haben sie davon nichts mitbekommen. Hier oben klappern sie geschäftig mit den Tellern und Töpfen, und Brassert steht wie ein Bär hinter Ginster und überwacht jeden seiner Atemzüge.

Ginster bricht der Schweiß aus.

Jetzt tritt Adam heran. Im Arm die verbliebenen Notizbücher aus der Vitrine. Vorsichtig lässt er sie auf die Tischplatte gleiten. Es sind nicht mehr viele. Auch sind nicht alle vollgeschrieben. Ginster weiß es.

Die Mohns trennen Seiten aus den Tagebüchern. Ein Geräusch, so weiß Ginster, das würde er zeitlebens hören. Nun gut, mag sein, dass es nicht mehr eben lang sein wird.

Wie geübt ihre Hände arbeiten. Wie konzentriert sie dabei aussehen. Sie zerreißen die Blätter erst längs in Streifen. Manche davon werden beiseitegelegt. Andere wiederum in kleine Fetzen gerissen. Immer kleinere, bis sie konfettifein sind. Sie legen sie auf einen rasch wachsenden Haufen. Füllen Schüsseln damit. Teilen sie auf Töpfe auf. Und als sie alle beschriebenen Seiten herausgelöst und ihr Versprechen zufriedenstellend eingehalten haben, stellt Micha Salz und Pfeffer neben Ginster und drückt ihm einen Löffel in die Hand.

Ginster guckt auf das Kind, auf den Löffel und sagt: »Entschuldige. Ich bin Linkshänder.«

Da ist Brassert gleich zur Stelle. Löst die gebundene Hand. Fesselt die rechte. Bille drückt ihm das Esswerkzeug in die freigewordene Linke.

»Danke«, sagt Ginster automatisch. Bille gibt ihm einen flachen Klaps gegen den Hinterkopf. Irgendwie fast eine Erleichterung, findet Ginster. Dann setzen sich alle, und die hübsche Marlene, mit Schürze um den Bauch, serviert das erste Papiergericht.

Ein Teller vor ihm. Darin schwimmen Streifen, Buchstaben, Worte, Sätze. Brassert ist an die Deckenlampe gestoßen. Das pendelnde Licht versetzt alles in einen Stummfilm. Überall Schatten. Überall Ausdruck.

Micha setzt sich neben Ginster. Er legt die Finger auf die Tischplatte und ruht sein Kinn darauf. Er schaut Ginster an, und der wünscht sich weit fort. Die Wanduhr läuft rasend schnell rückwärts und ihm ist, als spielten zwei leicht verschoben den Flohwalzer in seinem Kopf, mit jener Unerbittlichkeit und jenem folgerichtigen Wahnsinn, der dem Stück nun mal eigen ist. Alle nehmen nun Platz und sitzen mit heiligem Ernst. Und während er geglaubt hatte, ihm drohe ob seines Verrats Folter oder Schmerz, würde er sich herkömmliche Qualen jetzt fast wünschen, entkäme er bloß diesen Blicken, entkäme er bloß dieser Suppe.

Sein Arm zittert, als er den Löffel in den wässrigen Brei senkt. Ist das sein Fundament, das er einstürzen hört. Oder ist es das Fundament des Hauses, das Stunde um Stunde tiefer zerfurcht. Es ist müde wie alle. Es will seine Ruhe haben. Will, dass seine immer lauten, zänkischen, gemeinen Bewohner ausziehen. Alle haben bereits ihr Bündel geschnürt. Suchen ihre Katzen zusammen, die sich unter den Sofas verstecken. Nehmen Familienbilder von den Wänden. Stopfen Broschen und Perlen in Socken. Was werden die Mohns mitnehmen, wenn sie gehen müssen? Ginster weiß die Antwort. Sie werden einander mitnehmen. Sonst nichts.

Ginster führt den Löffel zum Mund. Die Familie und ihre seltsamen Freunde sitzen ruhig am Tisch. Sie wirken gefasst, aber mit der Energie ihrer Anspannung ließen sich Wolkenkratzer beleuchten. Ginsters Lippen umschließen den Löffel. Papiermatsch auf der Zunge. Er weiß, wie Papier schmeckt. Es schmeckt grau. Es lässt sich nicht eigentlich essen. Aber jetzt, zu seiner großen Verwunderung, schmeckt es ihm. Es schmeckt hell und licht. Wunderbar wärmt es ihm sein angeschlagenes Selbst. Gleich isst er weiter. Und weiter. Es schmeckt ihm so gut, als habe er sein halbes Leben auf diese Speise gewartet. Als hätte sich sein Leib danach gesehnt und vorausahnend alle übrigen Gerichte aus dem Programm genommen. Ginster, der sich viele Abende seines Lebens mit einem hartgekochten Ei und einer Kanne Tee begnügt hat, langt richtig zu. Und als man ihm erneut auftut, leert er auch diesen Teller. Die Mohns staunen ihn an.

»Junge, Junge«, sagt Bille. Sie holt ihren Tabak und will sich eine Zigarette drehen. Aber weil ihr das nötige Papier fehlt, hebt sie einen Tagebuchschnipsel auf, hält ihn fragend in Richtung Adam, Steve, Linne, Micha. Sie darf es verwenden. Sie dreht ihr Zigarettchen und raucht eines von Johannes Worten fort.

Marlene räumt den Suppenteller ab und macht sich hinter Ginster zu schaffen, serviert ihm dann den nächsten Gang. Kartoffeln ganz sicher. Und etwas Gebratenes. Es sieht aus wie ein Fisch. In Wahrheit auch das nur Papier, aber Marlene hat es hübsch angerichtet. Ginster wagt den ersten Bissen, und ebenso wie die Suppe überfällt ihn der Geschmack und heilt ihn.

»Erzähl doch noch mal von dem Drachen«, sagt Linne zu Brassert. Ein Tischgespräch. Sie fangen an zu plaudern. »Bitte. Wie ihr dort angekommen seid. Der Halunke mit dem Hut.«

»Und diese Hitze«, fällt Marlene ein. »Denkt nur. Diese Hitze.«

»Die Grube, in der ihr erst mal nur Eidechsen und Ziegenköttel fandet.«

Sie erzählen durcheinander. Fallen einander so lange ins Wort, bis Brassert die richtigen Sätze sagt. Wie sie den Drachen finden. Wie sie alle noch einmal durch diese Senke stiefeln, dieses Tal und alle gemeinsam den stürzenden Brassert im Regen hinaufziehen, während unter ihm Boden, Steine und Knochen fortbrechen.

Ginster bleibt der Mund offenstehen. Als die Erzählung geendet hat, starrten ihn alle an, und er gemahnt sich selbst erschrocken, er hat hier einen Dienst zu tun. Er muss ja aufessen.

»Schmeckt es nicht?«, fragt Marlene.

»Doch, doch«, beeilt sich Ginster zu antworten. Er teilt Kartoffeln und Fisch, Kapitel und Worte. Ganz schön satt wird er davon.

»Zigarettchen?«, bietet Bille ihm an.

Und Ginster raucht zwar nicht, nimmt aber trotzdem an und hustet sich durch die Zigarette hindurch und pustet eine Menge Rauch in die Küche. Fast wird es heimelig in all dem Qualm, der die Tatsache vernebelt, dass Ginster gefesselt ist und gar kein Gast. Der die Tatsache vergessen macht, dass Polizei durch die Straßen fährt und die Anwohner auffordert, die Häuser zu verlassen. Denn alles will zusammenfallen. Dabei geschieht aber nichts laut und schnell. Ein Seufzen bläht sich durch die Gassen, und mit jedem Ausatmen scheint ein weiteres Gebäude in die Knie zu gehen. Will alles zurück zur Erde. Will vergehen, Staub und Schatten sein.

Aber in der Küche mit den verrückt gewordenen Uhren und den wehen Herzen war der Tod bereits und hat seinen Anteil mitgenommen und scheint damit vorerst zufrieden. Als hätten sie eine Runde Narrenfreiheit.

Ihr Haus steht abgesunken. Unstützbar. Nach und nach versagen die Lichter. Aber noch kocht der Herd pflichtschuldig ihre Mahlzeiten, die keine Mahlzeiten sind. Und Bille hebt an, um Ginster durch Rauch hindurch fortzuziehen zu ihrem Kinder-Ich. Nimmt wieder alle mit in den Keller, wo Johanne die Kartoffelmännchen tanzen lässt, bis die Türe geht und der Vater mit dem Klumpenkopf heimkehrt. Aber keiner ist hier allein. Gemeinsam steigen sie die Treppe und wissen, sie werden es überleben. Gleichwohl Ginster stolpert und seinen schmalen Kopf stößt, auch Angst hat, bleibt er an den anderen dran. Unbedingt dabei sein muss er.

Dann serviert Marlene den dritten Gang.

Es ist schwer, der Anhäufung eine essensartige Kontur abzuringen.

»Was ist das?«, fragt Ginster vorsichtig.

»Das ist nur Papier«, sagt Marlene mit Augen weit entfernt, dann legt sie ihm die Hände auf die Schultern und erzählt von der Blutegelmadonna und wo die Papierbäume wachsen, die Steve so liebt. Dort wachsen Blätter, in denen die Geschichten bereits stehen, und man muss ihnen nur noch zuhören, um sie zu kennen. Oder man muss die Blätter essen, dann bewohnen einen die Geschichten sogar. Ginster kaut und hofft. Vielleicht schlägt ja eine Geschichte in ihm Wurzeln.

Und dann folgt der letzte Gang.

Die ganze Zeit hat Micha Ginster angeblickt. Zum Nachtisch jetzt wirkt er müde und aufgebraucht. Alles ist aufgebraucht, und auch Ginster kommt sich so vor. Ersetzt durch die Mahlzeit, ersetzt durch die Mohns und diesen Wunsch festzuhalten, was nicht festzuhalten ist, was unbenennbar und unverstehbar bleiben muss.

Lange schaut Ginster auf sein Dessertschälchen. So ein Innehalten liegt über allem. Müsste er in diesem Moment einen Bericht schreiben, was würde er schreiben? Wo bleibt die letzte Geschichte?

Brassert steht auf und löst Ginsters Fesseln. Die rechte Hand jetzt also frei. Ob er wohl gehen könnte? Er will gar nicht. Von irgendwoher dringt Musik. Eine langsame, schwelende Melodie. Etwas altmodisch Tanzbares. Und Ginster weiß, wenn er dazugehören will, dann ist jetzt der einzige Moment. Seine letzte Chance auf eine Erinnerung, die ihn später mit Stolz und Wärme erfüllen könnte.

»Johanne«, sagt er. Der Name ist so aus ihm herausgeplatzt, als rufe er nach ihr oder sähe sie zufällig auf der gegenüberliegenden Straßenseite. Erschrocken sind die anderen. Er räuspert sich.

»Johanne«, wiederholt er.

Er mag den Namen. Schon als er den Fall übernommen hat, mochte er ihn.

»Sie hat so gern getanzt«, sagt er in die Runde und steht eckig auf. Ein bisschen ungelenk vom langen Sitzen und von der Angst. Ein bisschen schwindlig vom ganzen Essen.

Er geht zu Marlene. Die Musik ist immer noch da. Irgendjemand nimmt wohl Abschied von seinem Radio.

»Darf ich?«, fragt Ginster Marlene. Er hat mal

einen Tanzkurs besucht. Er hat sich alles angeschaut, aber mit niemandem getanzt. Er hat keinerlei Körpererinnerung. Es ist ein kompletter Kaltstart.

Vorsichtig nimmt er Marlenes Hand, umgreift ihre Mitte. Dann soll es wohl losgehen. Hier in der Ecke vor den Töpfen. Aber Marlene kommt nicht recht vom Fleck.

»Mein Bein«, sagt sie entschuldigend. Ginster lässt die Arme wieder sinken. Ist seine Idee denn so schlecht. Kann er nicht auch ein Geschichtenerzähler sein und Mensch.

Adam steht auf und sagt: »Sie hat es geliebt, ja. Besonders gut war sie allerdings nicht.«

Adam tritt an Marlenes Stelle.

»Die Hand hier hat sie immer zu weit unten gehalten«, sagt Adam und legt seine in Ginsters. »Und kitzlig war sie. Nicht auszuhalten.« Er korrigiert den Sitz der zweiten Hand. Nicht so tief. Etwas höher, knapp unter der Schulter. Dann tanzen die beiden Männer vorsichtig zur Radiomusik, die herüberweht. Sie tanzen kleine Kreise durch die Küche. Erst zeigt Adam, wie es geht. Dann übernimmt Ginster zaghaft. Tief sinkt das Bild davon in alle Herzen.

Und da weiß Ginster, jetzt ist der Augenblick gekommen, sein Versprechen an die Zukunft einzuhalten. Dieses Versprechen, das er gegeben hatte, als das Glück einmal zu ihm gekommen war. Als er noch leicht und klein gewesen. Hatte er nicht da eine Geschichte erfunden. War er da nicht in Michas Alter gewesen und hatte geglaubt, vielleicht ist es das. Als das Selbst noch unhinterfragt in jeder Zelle, in jedem Körperteil gewohnt hatte und dann die Erleuchtung kam. Beim Malen oder Musizieren. Beim Eintauchen in Zahlen und Logik. Beim ersten Blick durch ein Mikroskop. Beim Geruch einer Schwimmhalle, dem mühelosen Gleiten durch das Wasser. Beim ersten Flug, dem ersten Verstehen, Begreifen, Wahrnehmen. War da nicht Endlosigkeit gewesen. Hatte nicht Elektrizität geknistert. Hatten nicht die Stunden in diesem neuen, diesem einzigen Element Durst und Hunger vergessen lassen. Wäre man nicht nur allzu gern für immer dort, in diesem Augenblick, geblieben, war aber gerufen oder anderweitig gestört worden, hatte später beim Mittagessen oder in der Schule, sogar beim Treffen mit Freunden immer wieder an diesen Moment gedacht. Ob man jetzt verliebt wäre oder nur doof wie üblich, hätten die Freunde wohl gekichert, weil man so abwesend wirkte. Und man hatte ebenfalls gelacht und abgewehrt und hätte sonst was gegeben, hätte man gewusst, was es war. Ginster hatte es schon damals gewusst: Es ist der Moment, in dem einem die Zukunft ein Angebot macht. Sie hat gezeigt, was das Glück ist. Und man hat wohl unbewusst ein Versprechen gegeben. Und schau, dieses Versprechen wird geprüft werden müssen. So wie es diesen besonderen Tag in der Jugend, vielleicht früher, vielleicht später gegeben hat, so wird es diesen Augenblick auch in der Zukunft geben. Dann wird irgendetwas an den Tag der Ich-Werdung erinnern und alles wird zurückkommen. Ob zwanzig oder vierzig Jahre zwischen diesen Augenblicken liegen mögen, ist unerheblich. Alle Zeit dazwischen wird zusammengepresst sein auf das Nötigste. Und das Nötigste ist die Frage, ob man die Zukunft verraten hat oder nicht.

Damals hatten sie ihn belächelt. Und da hatte er es gelassen. Aber die Geschichte, die gab es. Es hatte sie schon immer gegeben. Und nun würde er sie dieser verrückten Familie schenken, die noch im Tod lebendiger war als alle.

»Wir haben auf der Straße getanzt«, beginnt Ginster leise und merkt aus den Augenwinkeln den Ruck, der durch Micha geht. »Wir hatten so ein kleines Zimmer. Wir brauchten nichts.«

Ginster und Johanne

In der ganzen Stadt roch es nach Popcorn. Das Kino war das größte Gebäude und das größte Ereignis an der Küste. Tag und Nacht liefen dort Filme, die keiner sehen wollte. Und dort lief auch die Popcorn-Maschine. Der Seewind tat zwar sein Bestes, aber es roch straßauf, straßab und Johanne roch aus jeder Pore danach. Das Kino am Meer war schlecht besucht und zeigte noch schlechtere Filme, aber die Maschine für den Mais war nagelneu und zog alle an. Die Leute bekamen nicht genug davon. Als hätten sie irgendein Mangelproblem. Sie hätten wohl auch Hering mit Popcorn gegessen.

Johanne hatte diese kleinen Male auf den Unterarmen. Diese winzigen Verbrennungsspuren von den aufspringenden heißen Körnern, wenn sie gerade die Schütte hineinsenkte, um eine Tüte zu füllen. Ihre Arme waren übersät wie der Sternenhimmel.

Ihr Gehalt war mies. Meins auch. Am Ende des Monats blieb uns nichts als tanzen auf der Promenade zu der Musik, die aus dem hohen Hotel am

Strand erklang. So ein kantiger Klotz, der den alten Leuchtturm überragte, der kleinen Stadt ihre Anonymität nahm und sie mit Touristenströmen überschwemmte, die sich über den Geruch des Popcorns beschwerten, bis der Hotelmanager das Kino aufkaufte und schließen ließ.

Johanne war völlig perplex, dass einige wenige das Leben von so vielen zerstören konnten. Eine weltweite Unfasslichkeit, die sie nicht mehr schlafen ließ. Nun, der Hunger und die Sandflöhe ließen uns auch nicht schlafen.

Abends bekamen wir an der Hintertür des Restaurants ein paar Happen. Noch war das Wetter schön, aber bald würde es Herbst werden und hier oben gab es außer in dem verhassten Hotel keine Jobs. Wir hockten tagelang am Strand und starrten in die Wellen. Da musste Johanne ihren Plan geschmiedet haben, und ich weiß nicht, wie sie das gemacht hat. Ich kann vor dem Meer keinen Gedanken fassen. Die Brandung holt sich alles.

Johanne sagte, sie müsse an der Küste bleiben. Sie müsste um jeden Preis hierbleiben, bis das Meer eines Tages so aussähe, wie es schon einmal ausgesehen habe, wenn es also seinen Ausdruck wiederhole. Dann wäre sie zufrieden. Aber ganz egal, ob mir das Wasser, der Himmel und die segelnden Möwen immer gleich und ewig schienen, Johanne fand jeden Morgen die Farbe verändert. Den Wellenschlag neu. Die Beschaffenheit der Horizontlinie gänzlich unbekannt. Mal schien sich das Meer am Himmel aufzulösen, mal lag es wie Blei darunter, mal kam der Wind vom Land und übersäte uns mit Rapskäfern.

Dann stand sie eines Tages in schwarzem Rock und weißer Bluse vor mir. Ein Schürzchen umgebunden.

›Wie findest du es?‹

›Du siehst komisch aus.‹

›Ich bin jetzt Zimmermädchen.‹

›Das ist Hochverrat.‹

›Ich habe einen Plan. Halt dich bereit.‹

›Bereit? Bereit wofür?‹

›Für den Coup. Wie nehmen den Reichen und geben den Armen.‹

›Ich bin arm.‹

›Perfekt‹, sagte sie.

Sie verschaffte auch mir einen Job im Hotel. Meine Arbeit bestand im Gläser Einschenken und Gläser Auswischen. Ich war bis dahin nur gut im Gläser Austrinken gewesen, schien der Aufgabe aber einigermaßen gewachsen.

Johanne legte sich richtig ins Zeug. Nach ein paar Tagen war sie schon so schnell wie die anderen Zimmermädchen, und wenn sie die Laken über die

Betten warf, lagen sie schon nach dem ersten Wurf spiegelglatt.

Das ging eine Weile so. Wenn ich Johanne nach dem großen Coup fragte, vertröstete sie mich auf später. Abends schenkte ich Frauen nach, denen schwere Ketten um die Hälse hingen und Brillanten groß wie Murmeln die Ohrläppchen langzogen. Hier und da bekamen Johanne und ich Trinkgeld oder einen Klaps auf den Hintern. Ich wurde allmählich ungeduldig und befürchtete, mich insgeheim auf eine gewöhnliche Existenz eingelassen zu haben. Johanne träumte davon, ein Haus am Meer zu kaufen.

›Du hast aber abgegriffene Träume‹, sagte ich. Johanne war gekränkt und ging mir an dem Tag aus dem Weg. Mir tat es natürlich sofort leid. Ich konnte mich nicht konzentrieren, machte lauter Fehler, servierte Kleinkindern Cocktails und Alkoholikern gemischtes Eis.

Ich wollte mich bei Johanne entschuldigen, suchte sie in den endlosen Hotelfluren und erschrak zu Tode, als sie mich überraschend in eine Nische zog. Sie hatte wohl geahnt, dass ich ihr unterstellte, es gäbe keinen Plan und sie sei ähnlich einfallslos wie ich. Nun weihte sie mich endlich ein. Der Plan war einfach. Genial. Er konnte keinesfalls klappen. Wir mussten es also unbedingt versuchen, ehe wir uns in unseren Arbeitsstunden und knappen Mittagspausen aufgelöst haben würden.

Am Abend stand die große Abschlussgala bevor. Sie läutete das Ende der Hauptsaison ein. Das Wetter wurde ungemütlich. Johanne und ich liefen an unserem freien Tag in Wollpullovern den Strand auf und ab. Die Wolle sog Salz und Nässe auf. Wir stapften darin herum und rochen wie beleidigte Schafe. Wir hatten uns ein Boot bereitgestellt. Ein Ruderboot. Einfach und unauffällig. Eine Tasche darin versteckt. An Proviant dachten wir nicht. Das mit dem Essen bekamen wir einfach nie auf die Reihe.

Die Gala war auf 19 Uhr angesetzt. Die Stunde davor würden alle Gäste in ihren Hotelzimmern duschen und sich herausputzen. Die Damen müssten zwischen ihren Klunkern wählen. Die Herren würden ihre Bäuche in zu enge Anzughosen zwängen. Diese Stunde war unsere Stunde.«

Die Geräusche um das Haus werden laut und immer lauter. Bislang haben es alle in der Küche überhört, denn sie sind eigentlich noch mit Ginster in den Fluren des Hotels.

Micha hält den Atem an, als Johanne in Ginsters Erzählung die Hand hebt, um mit ihren dünnen Knöcheln an der ersten aller Zimmertüren zu klopfen.

Endlich, denkt Adam da, *endlich bekommt er seine Geschichte.*

»Es war unglaublich einfach«, sagt Ginster. »Johanne, dieses magere, aufgeregte, bedauernswert schluchzende Zimmermädchen, klopfte und erzählte den vom Sonnenbaden verblödeten reichen Tanten, ein paar Gangster hätten es auf das Hotel abgesehen und wollten im großen Stil die Zimmertresore leerräumen. Und zwar während des Banketts, der Abschlussgala der Saison. Johanne schluchzte glaubhaft, die Safes wären alt, schon lange habe der Hotelmanager etwas daran machen wollen, aber ... sie wüssten wohl. Kindchen, wir wissen, dachten dann wohl die reichen Damen. Der Zustand der Badezimmer, na ja. Das Frühstück, hatte man schon bessere gesehen. Doch zu wichtigeren Fragen: Wie viele Ohrringe konnte man gleichzeitig tragen? Wie viele Ringe? Ketten? Und diese kleinen Dinger für die Haare, obendrauf, das Prinzessinnendings? Die Erinnerung an lang zurückliegende Veradeligung, richtig, ein Diadem.

›Erbstück?‹, fragte Johanne dann mitleidig, wenn sie den wehmütigen Blick der Reichen auf den Safe sah.

›Wiedergutmachungsschmuck.‹

Johanne nickte verstehend. ›Wir wollen niemanden in Gefahr bringen. Wir haben einen Plan. Wichtig ist, dass jetzt alle mitspielen. Die Polizei ist informiert, und wir stellen den Gaunern eine Falle.‹

Dann der Clou, die wie selbstverständlich vorgetragene Frechheit, man möge mutig und vollzählig beim Bankett erscheinen. Das würde die Banditen in Sicherheit wiegen. Die würden sich vermutlich gleich zu den Zimmern begeben, und alsbald keine Zivilisten mehr in der Nähe und demnach außer Gefahr wären, würde der Zugriff von Polizei und Sicherheitsbeamten erfolgen. Eine Falle also. Und damit bei dem möglichen Durcheinander nichts verloren ginge, jetzt lieber den Schmuck in diese, von Johanne mitgebrachte unauffällige Tüte tun und sie Johanne anvertrauen, die den Schmuck zusammen mit dem Schmuck aller übrigen Gäste an einen sicheren Ort brächte, bis der ganze Spuk vorüber wäre.

Nächste Tür. Wiederholung der Szene. Beginnend mit Johannes Schluchzen. Endend mit der vorgehaltenen Tüte. Abgang Johanne. Es lief alles wie am Schnürchen.

Wir schafften zwei Stockwerke, dann gaben wir uns zufrieden. Wir waren ja nicht gierig. Und während sich die Gäste angespannt auf dem Bankett letztendlich zu Tode langweilten und irgendwann auch wunderten, weil keine Banditen kamen, denn die Banditen waren ja wir, hatten Johanne und ich längst unsere Schuhe abgestreift und liefen über den Strand zu unserem Boot.«

Vor dem Haus der Mohns jault eine Sirene auf. Und das Licht einer Warnleuchte wirft ihr Flackern ins Wohnzimmer, in den Flur, es dringt bis in die Küche. Alle sind für einen Moment abgelenkt, blicken sich verwirrt um, sind sie doch ganz und gar in Ginsters Geschichte. Haben noch den Sand unter den Sohlen und das Diebesgut in der Hand. Ginster stockt. Vielleicht müssen sie abbrechen. Vielleicht können seine Worte sie hier nicht rausholen. Aber es trifft ihn Michas Blick. Und Ginster weiß, er muss es auserzählen. Er muss so weit kommen wie möglich.

Also fegt er das Geschirr vom Tisch. Eine große Geste, aber kaum Schrecken in den Gesichtern der anderen. Stattdessen ein warmes Vertrauen in ihn und seine Rede. Ginster bedeutet Brassert, ihm zu helfen. Sie stülpen den Tisch auf die Kante, dann auf die Platte. Die Beine ragen in die Höhe.

»Wir erreichten also das Boot«, sagt Ginster. Die Festigkeit der Stimme ist verrutscht. Er muss sich räuspern. Auf der Straße mehren sich Rufe, Sirenen, hebt sich Tumult. Sie müssen sich beeilen.

»Beeilung!«, sagt Ginster. »Johanne stieg in das

Boot. Gerade tönten Rufe vom Hotel. Wir drehten uns um und sahen, wie die Ersten über den Strand in unsere Richtung liefen. Sie hatten wohl eins und eins zusammengezählt.«

Linne und Micha klettern in den Tisch, der jetzt ihr Boot ist, das sie alle hier herausholen soll. Adam steigt dazu. Brassert, Bille und Marlene quetschen sich mit rein.

Himmel, denkt Ginster und schiebt, schiebt am dunklen Strand der Nacht das Boot mit der jungen Johanne, hievt es über den knirschenden Sand, bis die Wellen es erfassen, es leicht und unbeschwert wird. Johanne lacht und winkt denen zu, die empört über den Strand gerannt kommen. Ginster springt in das Boot, die Hosen nass, er schnappt sich die Ruder. Am Ufer blasen Polizisten wie verrückt in ihre Trillerpfeifen, da hämmert es gegen die Wohnungstür der Mohns. Hämmert es in die Fahrt auf den Wogen. Stört es in die Erzählung hinein, während den Insassen des Küchenbootes, des Tischfloßes, dieses Fantasiegefährts gerade die Seelen leichter werden wollen.

»Aufmachen!«, dröhnt es vor der Tür.

Und Ginster stemmt sich erneut gegen den Tisch, aber er vermag ihn nicht einen Zentimeter zu bewegen, jetzt, wo er doch alle retten muss. Tränen der Wut steigen in ihm hoch. Da entsteigt Brassert dem Tischboot und hilft. Auch Bille schlüpft wieder zurück. Marlene lässt Steves Hand los, auch sie steigt aus. Und nun stemmen sie zu viert ihre Füße in den Dielensand. In das Teppichwasser. Alle weinen, was das Zeug hält. Sie schieben und noch ein Ruck, und der Tisch trägt die Mohns durch die Gischt davon, während die anderen zurückbleiben am Ufer ihrer Erzählungen.

Ginster geht zur Tür. Die ersten übereifrigen Ordnungsbeamten kann er aufhalten. Und besänftigt die Nachbarn, die Polizisten, die Trauerbeamten, die man ausgeschickt hat, um nach ihm zu suchen. Er schafft Platz vor der Wohnungstür. Ganz langsam drängt er die Meute zurück. Treppenstufe für Treppenstufe, denn da oben würden die Mohns, so verkündet er und bitte nicht stören, ein außergewöhnliches Stück Trauerarbeit vollbringen. Absolute Ruhe und Diskretion ist nun geboten. Er schafft die Zweifler und Neider, die Neugierigen und Kaltherzigen hinaus auf die Straße, und oben in der Wohnung flackern die Lichter aus und erlöschen. Dunkel liegt jetzt die Güldene Kammer Nummer 14, drittes OG links. Aber Ginster verteilt abwiegelnde Gesten, und während er das tut, kann nur er sehen, wie Meereswasser die Stufen hinunterschwappt und Möwen am Himmel rufen.

Die Mohns und Johanne

Jetzt hören sie keine Stimmen mehr und keine Sirenen. Wenn es Helligkeit gegeben hat, erlischt sie nach und nach. Sie treiben immer weiter fort von allem, was sie kennen. Sie treiben ab von allem, was sie sind. Noch ist der Himmel über ihnen sternenklar, aber vor ihnen webt sich eine Nebelbank über das Wasser, und ihr Boot gleitet darauf zu und hinein. Da ist kein Ort mehr um sie, kein Laut mehr und kein Wissen. Ginsters Stimme ist verklungen. Die Gefährten sind fort, und dann ist es vielleicht doch zu viel.

Ein Zuviel an Einsamkeit. Ein Zuviel an Mut und Widerstand. Ein Zuwenig an Wurzeln, Selbstverständlichkeit und Frieden. Ob sie nicht zu schwer tragen an der Verantwortung füreinander. Wo sind sie jetzt? Treiben sie den Worten und Sätzen davon. Schlingern sie am unteren Rand einer Seite entlang. Sind sie dort, wo alle Geschichten enden.

Der Nebel ist nun so dicht, kaum sehen sie das Wasser um sich. Sie sind wie gelähmt. Dunst auf der Haut, und die feinen Tropfen liegen wie Silber auf ihrem Haar. Sie schließen die Augen und wollen gern schlafen. Die Ruhe ist betörend und Melancholie ein ach-vertrautes Bett. Ein Flüstern würde helfen. Ein Rufen könnte retten. Aber nur Michas Verstand ist wach, und er ist der Erste, der es sieht, bevor auch die anderen es sehen. Es ist nur ein kurzer Augenblick, der im Kern die Ewigkeit birgt, es gleitet mit leisen Ruderschlägen ein zweites Boot heran. Taucht aus dem Nebel, fährt dicht an ihnen vorbei und streift sie beinahe.

Sie erblicken einen jungen Mann, der die Ruder zieht. Kaum ein Geräusch dabei. Ist das nicht Ginster, der ganz junge Ginster. Und an der Bootswand lehnend eingeschlafen, ruht eine ebenfalls junge Frau, die so keiner der Mohns je gekannt hat, aber natürlich wissen alle sofort, wer sie ist. Müßig hängt ihr Arm über den Rand und ihre Finger gleiten durch das dunkle Meer, das weich und sanft ist wie sie selbst. Johanne.

Dieser angehaltene Moment. Wie ihre Herzen lieber fliehen wollen, doch die Augen sich nicht trügen lassen. Das vertraute Gesicht noch faltenlos. Haare ohne Grau. Schultern, die keine Bürde kennen, nur Leichtigkeit und Jugend. So locker, wie auch Steves Schultern sein müssten. So unbekümmert, wie auch Micha in die Tiefe des Meeres staunen sollte. So verblüffend selig schlafend, wie ebenso Linne ruhen sollte. Und ein Zutrauen in Allezeit, die auch Adam spüren könnte. Dies aber vereint in Johanne.

Da gleitet das Boot vorbei. Einmal noch sinken die Ruder, der nächste Zug trägt es fort in den Nebel, in den es eindringt und darin entschwindet.

Nein.

Es darf nicht einfach fort sein. Im Still des Nebels springt Micha unvermittelt auf, das Boot schwankt und alle suchen Halt und Gegengewicht. Micha trampelt hastig zur Ruderbank, drückt seine Geschwister fort, die nicht handeln können. Greift nach den Riemen, stemmt sich hinein und schafft einen unendlich zähen Zug, um Johanne zu folgen. Der Nebel ist unverändert dicht, und noch immer gibt es nichts als diese licht- und schattenarme Welt, in der Micha rudert ohne Richtung und ohne Geräusch. Sie sind ganz stumm. Sie lauschen, aber nichts.

Langsam fahren sie weiter. Und können auch nicht anders, haben sich nichts für den Rückweg aufgespart. Micha flüstert: Land, da vorn. Da vorn ist Land. Ich kann es riechen.

Lügt natürlich. Aber Micha rudert seine Familie durch das Nichts. Und links und rechts des Bootes zucken Bilder auf den Wassern. Zeigen sich ihm

Möglichkeiten, die sich ihrer aller Leben bieten. Zeigen sich Jahre, in denen sie im Schmerz auseinandergehen, weil sie sich gegenseitig keinen Halt mehr geben können. Micha sieht sich heranwachsen, aufschießen, groß und bärtig werden. Den Vater krank und greis, wie sie einander spröde Berührungen schenken und jeder vor den Gefühlen des anderen flieht. Micha in einem Wagen, der ihn rasch forträgt. Adam vor einem lauten Fernseher, der Buntes und Groteskes auf seine Seele wirft. Katzen umspringen ihn dabei.

Im nächsten Bild sieht er Steve, der Kinder hat, die er liebt. Und Linne ist zu Besuch, verkriecht sich ketterauchend auf den Balkon, die Kinder argwöhnisch beäugend, die ihre Nasen an die Scheibe pressen und Grimassen schneiden. Linne raucht in die Nacht und stopft Zigaretten in die Blumentöpfe, die blühen und ausufern, so wie alles in Steves Leben überbordend scheint, üppig und laut, ringsum liegen dreckige Socken.

Micha schaut weg, als die letzten Augenblicke von Johanne auftauchen. Er braucht keine letzten Augenblicke, denen man alles abzuringen versucht. Sie haben sich alles gesagt, als sie lebten. Es gibt nichts Ungefühltes. Nichts Ungesagtes. Vorbei, vorbei an diesen Bildern. Niemand braucht sie.

Weiter fahren sie und weiter. Nur Michas gepresster Atem ist zu hören. Bis endlich Adam ihn ablöst. Der Vater, der aus seiner Starre herausgefunden, sich den Schleier aus den Augen gewischt hat und den Sohn ablöst, der sich an den Bug schiebt, Ausschau hält nach Johanne und Ginster.

Alle teilen sich nun die Ruderschläge. Der eine rudert länger, der andere schafft nur weniges.

Und dann endlich. Knirschender Grund unter dem Kiel. Ihr Boot stößt auf Sand. Das andere Boot liegt bereits am Ufer. Nah und leer. Die Insassen fort.

Erst ganz allmählich begreifen sie, dass sie jetzt aussteigen dürfen. Die Knochen tun ihnen weh. Sie sind hundert Jahre alt und mehr. Sie stolpern steifbeinig durch das matte Wasser an Land, über dem ebenfalls Dunst liegt.

Im Sand finden sie Fußspuren, und sie folgen ihnen. Durch zähen Sand, über körnige Kiesel.

Raben hocken zwischen Muschelbergen. Geisterhaftes Dünengras schneidet ihnen in die Fußsohlen. Jeder heftet sich an den Anblick seines Vordermanns. Micha, ganz vorn, hält den Kurs. Aber sein Geist ist so überreizt. Mag sein, dass er alles durcheinanderbringt. Mal einer Hasenspur folgt. Möwenkrallen. Hundepfoten. Und dann findet er eine silbrige Spur. Einen Streifen trockener, lichtdurchlässiger Schuppen. Eine alte Schlangenhaut. Die Mohns schauen sie an und berühren sie kurz. Da erblicken sie auch die Hütte inmitten der Dünen. Kaum mehr als ein Bretterverschlag mit winziger Veranda. Nur eine Stufe aus dem Sand heraus. Ein Fenster. Und hinter dem Fenster eine schemenhafte Gestalt. Jemand, der beschäftigt ist.

Die Mohns bleiben stehen und haben Angst, ihnen könnte ein Lied entgegenwehen. Eine vertraute Melodie von einem vertrauten Menschen. Sie würden ganz zerbrechen.

Aber alles bleibt still, und sie harren im Sand vor der Hütte aus und warten, bis sich der Nebel verzieht.

Während er weicht, kommt schon die Nacht heran und wächst in ein uferloses Schwarz. Sterne leuchten über ihnen auf und ziehen in rasender Fahrt, werden zu Streifen, als wären es Rillen auf einer Schallplatte und die Mohns das Zentrum, um das sich alles dreht.

Die Jahre rauschen heran und wieder fort. Den Sternen wachsen lange Silberfäden, die sie hinter sich herziehen. Der Sand häuft sich an den Mohns empor und verschlingt sie fast.

Dann, als sie müde sind vom raschen Wechsel der Gezeiten, als ihnen schwindlig ist vom Tempo des Universums, wagen sie Schritte aus dem Kreiseln heraus, auf die Hütte zu und in sie hinein.

Sie ist leer. Johanne ist nicht mehr hier. Nur wenige Dinge sind noch übrig. Aber in diesen scheint ein Laut, ein Duft, eine Seele geborgen.

Eine seltsame Zufriedenheit stellt sich ein. Die Mohns streifen ihre Schuhe ab, und Micha kehrt den Sand aus der Tür. Sie schließen die Fensterläden. Sie legen sich auf den Holzboden, rollen sich zusammen, ziehen die Knie an. Legen die Wangen auf ihre Handrücken. Und sind froh. Es ist ihnen gleichgültig, wo sie sind und was es ist. Ihre Körper sind müde und ihre Seelen erschöpft.

Wie lange sie nun schlafen, wissen sie nicht.

Aber einmal fällt Licht durch das Fenster. Wirft seine Streifen durch die brüchigen Jalousien auf den warmen Boden. Sie erwachen und haben wunderbar geschlafen, zauberhaft geträumt. Nun hören sie ein Rauschen. Einen fernen, dauerhaften Klang, den sie schwer einordnen können.

Ist es das Meer?

Der Verkehr einer Stadt?

»Regen«, sagt Adam und tritt an das Fenster. Die anderen stehen auf, folgen ihm. Er legt die Arme um seine Kinder. Hatte nicht gewusst, dass er sie gleichzeitig umfassen kann.

»Regen«, wiederholt Adam.

»Endlich ist der Sommer vorbei.«

Danksagung

Ich danke meiner Lektorin Martha Schoknecht, die so einfühlsam und unverzichtbar mit mir durch meine Sätze geht. Mit ihr ist alles besser.

Ich danke dem Diogenes Verlag und insbesondere Philipp Keel, dass ich schreiben darf.

Ich danke meiner wunderbaren Agentin Caterina Schäfer, die meine Worte aus der Schublade befreit hat.

Ich danke meiner Mutter und meiner Schwester, die den schwersten Sommer allein getragen haben.

Für die langen Tage, die Fülle, das Glück und die niemals dunklen Nächte danke ich meinen Kindern und meinem Mann Christian.